悪の飼い犬

AOI
MIYAO
宮緒葵

CHOCOLAT
BUNKO

ILLUSTRATION 石田恵美

CONTENTS

悪の飼い犬 004
あとがき 286

『——どうして』

のろのろと伸ばされた手は、炎に包まれていた。

いや、手だけではない。顔も胴体も脚も…全身が紅《あか》く燃え上がり、じゅうじゅうと嫌な音をたてている。かろうじて留《とど》められていた人間らしい輪郭《りんかく》も、ぼろぼろと崩れてゆく。

……お父さん。

必死に動かした唇は、今日も声を紡《つむ》いではくれなかった。代わりに溢《こぼ》れるのは嗚咽《おえつ》だ。

『どうして…、……助けてくれなかったんだ……。どうして私は、こんなところで……』

怨嗟《えんさ》を吐き続ける父の全身に、細かなひびが入っていく。

『……どうして、……どうして……！』

憎しみに満ちた呪いの叫びは、同時に響き渡った爆音にかき消された。

視界が真っ赤に染まる。襲いくる熱風と地鳴りがやみ、恐る恐る目を開けば、あたり一面に焼け焦げた骨と肉片が散乱していた。

……お父さん！　お父さん……！

声にならない悲鳴は、ぽっかり空いた真っ暗な穴に吸い込まれていった。

今日も夢見は最悪だった。新しい睡眠導入剤は、どうやら体質に合わないようだ。

これなら以前の薬の方が、短時間でも夢を見ずに眠れるだけましだった。だがしばらくはクリニックに行く余裕も無いだろう。溜息を吐き、霜月日秋《しもつきはるあき》はベッドから起き上がる。

歯磨きと洗顔を済ませ、さほど空いていない胃にシリアルバーと水を無理やり流し込むと、クロゼットに仕舞われていたスーツに着替える。日秋の初任給の何倍もするそれはオーダーメイドで、養父が警察学校の卒業祝いに贈ってくれたものだ。二十三歳の新人警察官には上等すぎる代物だが、着なければ養父は悲しむだろう。

寝癖を直しながら、不自然にならない程度に伸ばした前髪で母親譲りの大きな黒い瞳や華やかな顔立ちを隠していく。警察学校の寮で生活中、うっかり同室の奴に寝起きの素顔を目撃されてしまった時は『何で隠すんだよ、その顔なら総務部の秘書だって狙えるのに』と嘆かれたものだ。

総務部の秘書と言えば、警視庁に所属する約五万人の警察官の中でも上層部にコネがあり、特に成績優秀で容姿端麗《ようしたんれい》な者のみが配属される役職である。そんな部署に配属されてしまったら注目されるのは間違い無しだ。上層部に目を付けられるのも避けたい。…あの養父の養い子という時点で、すでに目立ってしまっているかもしれないが。

日秋はリストバンド型の端末を身に着け、独り暮らしを始めたばかりのマンションを出た。警視庁までは地下鉄で三駅だ。

端末にはすでに警視庁から発行されたＩＤがインストール済みだから、都内の公共交通

機関なら何でも無料で利用出来るし、警察官としての身分証明にもなる。半世紀ほど前までは紙製の手帳が発行されていたそうだ。今でもたまに闇オークションサイトで見かけることがある。コレクターには垂涎《すいぜん》の的らしい。

……とうとう、この日が来たか……。

日秋は先月警察学校を卒業したばかりの新人警察官だ。今日が勤務初日。配属先は新人なら必ず通る地域課、つまり交番勤務ではなく、養父の計《はか》らいにより本庁である。

……新人がいきなり公安部とか、絶対にやっかまれるだろうし悪目立ちするよな。

憂鬱《ゆううつ》な気持ちで地下鉄に乗り込むと、ごほごほと咳《せ》き込む音が聞こえた。見れば、満員の車内にぽっかりと空いたスペースがある。その中心では貧しげな身なりの老人が床に倒れ、身体を折り曲げるようにして咳をくり返していた。

「大丈夫ですか?」

おそらく医療用ナノマシンを投与されていない貧困層だろうと当たりをつけ、日秋は人垣に割って入る。彼らの保護も警察官の役割の一つだ。

「ああ、良かった。お巡りさんでしたか」

リストバンド端末を起動し、朝日をかたどった警察の徽章《きしょう》のホログラムを表示させると、介抱していた乗客はほっとして事情を説明してくれる。老人は前の駅から乗り込んできたそうだが、ずっと咳き込んでいると思ったら、さっき突然倒れてしまったらしい。

老人の腕に巻かれた旧型の端末に、日秋の端末からアクセスする。緊急事態に限り、警察官には民間人の端末への介入が許されているのだ。

後ろ暗いところのある富裕層は大金を積んで鉄壁のセキュリティを組み込むが、老人の個人情報は丸裸に等しく、あっさりアクセス出来た。…四日前、沿線の貧困層用の病院にかかっている。病名は急性上気道炎、つまり風邪《かぜ》だ。処方された薬では回復せず、今日も通院する途中だったのだろう。

ひとまず次の駅に通信を入れ、老人を支えながら下りると、駅員が担架《たんか》と共に待機していてくれた。救急車も呼んでくれたそうだから、これで任務完了だ。

「見ろよあれ、風邪だってさ」

「風邪!?　マジか、初めて見た！」

日秋と駅員のやりとりを聞いていた制服姿の高校生たちが、端末のカメラ機能を起動させる。

「おい、君たち――」

「うわ、やべっ！」

日秋が近付いたとたん、彼らはそそくさと逃げていった。

日秋の祖父の年代あたりから、日本でも欧米同様、定期的に医療用ナノマシンを投与するのが当たり前になってきた。医療用ナノマシンは人体の免疫力を飛躍的に高めてくれる

から、たいていの感染症にかからなくなる。日秋も亡き父が投与させてくれたおかげで、病に苦しんだ記憶は無い。あの高校生たちも同じだろう。

だが医療用ナノマシンは憲法が保障する『健康で文化的な最低限度の生活』に含まれないと解釈され、未だ健康保険の対象外のため、一定の経済的余裕のある層しか投与出来ないのが実情だった。

恩恵にあずかっているのはせいぜい国民全体の五割程度か。一世紀ほど前は一億総中流などと言われていたが、今や裕福な家に生まれなければまともな暮らしは望めない。そういう意味では、両親を亡くしたにもかかわらず養父のおかげで大学まで進学し、警察官になれた自分は幸運だったのだろうが…。

日秋は溜息を呑み込み、再び地下鉄に乗り込む。

桜田門駅で下りれば、目指す警視庁の本部庁舎はすぐそこだ。父が生きていた頃、一度だけ見学に連れて来てもらったが、去年完成したばかりの新庁舎は記憶にある旧庁舎よりも大きく、離れていても強烈な威圧感を放っている。地下十階、地上二十八階建ての真新しい庁舎は白亜の要塞だ。今日からここに通うのだと思うと、掌《てのひら》に汗が滲んでくる。

予定の時間を三十分ほど過ぎてしまった。事情は養父に連絡しておいたが、初日から遅刻は避けたい。

信号が青になった交差点を急いで渡ろうとして、日秋は立ち止まった。左側から大型の

バスがぐねぐねと蛇行《だこう》し、周囲の車をなぎ倒しながら交差点に突っ込んでくる。逃げ出す通行人の悲鳴とブレーキ音、クラクションが混ざり合う。

……いや、バスなんかじゃない！

警察学校で叩き込まれた知識を探り、日秋は息を呑んだ。前後に取り付けられた赤色灯と、車体に入れられたブルーのライン。あれは警察の護送車だ。

何かの事件の被疑者を警視庁へ護送する途中で事故を起こした――にしては様子がおかしい。反対車線の車とぶつかるのも構わずアクセルを踏み込み、右へ左へとハンドルを切っている。あの動きはまるで、何かから逃げ回っているような…。

護送車は反対車線のトラックに弾き飛ばされ、中央分離帯に衝突してようやく停止した。幸い、中の人間は無事だったらしい。歪んだドアを開き、ばらばらと出て来た警察官たちが迷わず拳銃を抜く。

そこへ舞い降りた巨大な黒い影が、鋭い刃で警察官たちを一薙《ひとな》ぎした。

「うわあああっ!?」

「う…っ、腕が、腕がぁっ！」

拳銃ごと手首を斬り落とされ、警察官たちは激痛にのたうち回る。ひゅん、ひゅんと空を切る音がするたび、無事だった警察官たちも次々と倒れていった。

「…あれは…、人間、…なのか？」

医療用ナノマシンで強化された日秋の目をもってしても、飛び回る襲撃者の影を捉えきれない。どうにかわかるのは、影が人間とおぼしき輪郭をしていることだけだ。

長い前髪をかき上げようとして、日秋は首を振った。今すべきは影の正体を見極めるのではなく、事態を通報することである。警察官たちに加勢しようにも、今の日秋は拳銃すら支給されていない。

だが日秋が端末を操作するより早く、アスファルトを削り取る勢いで二台の車両が交差点に走り込んできた。護送車を前後から挟み込むように停止したそれは、機動隊が用いる警備車だ。頑強な装甲が施されており、重火器の攻撃にもある程度耐えられる。目と鼻の先で起きた事件を、警視庁も即座に察知して精鋭を派遣したらしい。

……さすがに、これで決まりだろう。

日々テロリストや暴動の鎮圧に当たる機動隊員たちは、全員が運動能力を向上させるナノマシンを投与されている。完全武装した機動隊員ならば、十倍の人数の暴徒に対処が可能だ。

サブマシンガンを構え、警備車から出動した機動隊員はざっと二十名。いくらあの人間離れした襲撃者でも抵抗しきれまい。もし彼らに勝てたら——正真正銘の化け物だ。

「確保しろ！」

「護送車には絶対に近寄らせるな！」

機動隊員たちは二手に分かれ、一方は護送車の警護に、もう一方は襲撃者の確保に当たる。ためらい無く銃口を向ける機動隊員たちに、襲撃者はにやりと不敵に嗤《わら》った――ように見えた。とたん、肌がぞくぞくと粟立《あわだ》つ。食物連鎖の頂点に立つ猛獣の前に放り出されてしまった、憐《あわ》れな草食動物のように。

襲撃者の姿がふっとかき消える。

日秋には消えたようにしか見えなかったが、ナノマシンで強化された機動隊員の目はぎりぎりその動きを捉えていたらしい。

「…うっ、上だ！」

仲間の警告を受け、数人の機動隊員たちがサブマシンガンを発射する。ばらまかれる無数の銃弾に、さしもの襲撃者もあえなく撃ち落とされ……はしなかった。ヘルメットをかぶった機動隊員たちの頭を足場代わりに跳躍し、弾幕を飛び越えると、着地と同時に間近に居た機動隊員を蹴り飛ばす。

「ぐあああっ！」

日秋より一回りは大きな機動隊員は子犬か何かのように吹き飛ばされ、仲間にぶつかってようやく地面に叩き付けられた。衝撃に耐え切れなかった仲間も倒れ、瞬く間に二人が戦闘不能に陥《おちい》る。

「……嘘だろ……」

武装した機動隊員が十人以上かかってたった一人の襲撃者を制圧出来ない。それだけでも異常事態なのに、襲撃者は明らかに機動隊員たちを翻弄《ほんろう》している。…いや、嘲笑《あざわら》っている。サブマシンガンを発射するぎりぎりのタイミングでわざと間合いに飛び込み、刃を閃かせ、手首ごと武器を刈り取って——命までは奪わなかったのだからもっと遊ぼうとばかりに拳を、蹴りをくり出す。

傍若無人《ぼうじゃくぶじん》なまでの、圧倒的な強さ。罠があるのなら噛み切ればいいとばかりの傲慢《ごうまん》さ。

何かが引っかかった。すぐさま浮かび上がった記憶の欠片《かけら》は、日秋の心の中でみるまに一つの答えを導き出す。

数え切れないほどの犯罪に手を染め、主要先進国のほとんどから指名手配されているにもかかわらず、逮捕どころか手がかり一つ残さない凶悪犯罪者。ネットワーク化された現代社会を嘲笑うかのように圧倒的な暴力で各国の捜査機関をかく乱し、巨大企業や政府機関を破壊する。

単なる快楽犯罪者なのか、国家転覆をもくろむテロリストなのか、はたまた某軍事国家の工作員なのか。その目的どころか本名や国籍、人種さえも不明だが、たった一つだけ明らかなことがある。…愛する父を奪った存在だということだ。

「——『侵略者《アグレッサー》』……」

心臓部とも言える軍事施設を破壊された某国のジャーナリストが『あれは破壊ではない。

侵略だ』とコメントしたことから付いた二つ名。この十年間、父の無惨な姿と共に脳裏にこびり付いて離れない存在。…まさか、あの襲撃者が…？

「――っ……！」

至近距離から撃たれたような衝撃に襲われ、日秋は顔を上げる。するとさっきまで機動隊員たちと遊んでいたはずの襲撃者が動きを止め、日秋をまっすぐに見詰めていた。とっさに全神経を集中させた双眸《そうぼう》が、輪郭しか捉えられなかった襲撃者の姿を映し出す。

…アグレッサーだとしたら、予想よりもかなり若い。各国のプロファイリングでは三十代から五十代と分析されていたが、せいぜい二十代後半くらいだろう。黒髪と青みがかった灰色の瞳が複雑な血筋を感じさせる。十人居たら十人が震え上がりそうな凶悪な人相だが、彫りの深い顔立ち自体は端整と言っていい。乱れ放題の髪と服装を整えれば、鍛えられた長身から発散される危険な匂いに引き寄せられる女性は多いはずだ。

今まで見たことの無い不思議な色の双眸は、彼が襲った護送車でも身構える機動隊員たちでもなく、日秋だけに注がれている。

その奥に揺らぐ焦燥《しょうそう》とも渇望《かつぼう》ともつかぬ炎に、毎夜の悪夢が重なった。逸らしてしまいたいのに、身体がぴくりとも動いてくれない。目を逸らしたが最後、全身をずたずたに引き裂かれてしまいそうで。

さっきまでの猛攻が嘘のような無防備さで、襲撃者は立ち尽くしている。ようやく生じ

た隙を見逃さず、数人が警備車の陰から襲いかかった。応援の機動隊員にしては妙だ。防護装備の代わりに黒のコンバットスーツを身に着け、銃器も警棒すらも持たず、銀色の首輪を嵌《は》めている。

彼らはあっという間に襲撃者の退路を絶つと、前後左右から仕留めにかかった。その動きは機動隊員たちよりはるかに俊敏だ。

我に返った襲撃者は垂直に跳んで逃れようとするが、小山のような体格の男に羽交い絞めにされ、そのままのしかかられて地面にねじ伏せられてしまった。ぎりぃっ、と厚い唇から覗いた鋭い犬歯が悔しげに軋《きし》む。

「……た、対象確保！」

呆気に取られていた機動隊員が声を上げ、襲撃者の手足を手錠で拘束する。

やがて襲撃者はコンバットスーツの男たちによって警備車に連行されていったが、その目は格子付きのドアに阻《はば》まれる最後の瞬間まで日秋を捉えて放さなかった。

世界各地で治まることを知らない紛争の数々はいくつもの国を地図上から消滅させ、また新たな国が興《おこ》っては数多《あまた》の人命を犠牲にしながら消えていった。その際まき散らされた混乱の種は生き残った国々に根付き、無数の災厄の花を咲かせる。ここ数十年の間、国家

間規模での武力紛争が起きていないのは、皮肉にも各国が自国内の治安維持に手いっぱいだからだ。

それはかつて世界有数の治安大国と呼ばれていた日本も例外ではない。西暦二千年代初頭からこの百年ほど、不法に入国した難民や海外犯罪グループの流入により犯罪件数が増加の一途をたどる一方、検挙率は下がり続けている。

当然、国民の不安と不満は高まるばかりだったのだが——十年ほど前から、犯罪検挙率はにわかに上昇し始めた。今までなら逃げおおせられていたような凶悪犯の捕縛、長きにわたり国内各地でテロ活動をくり返していた難民グループの一斉検挙。これまでの失態を補って余りある、目覚ましい活躍が続いたのだ。失われていた信頼は回復され、警察は再び治安の守護者の座に返り咲きつつある。

警察が新たなプロファイリングを導入した。滅亡した某国から流出した人材を確保した。ひそかに米軍に協力を仰いだ。様々な噂が囁《ささや》かれたが、実際のところ真実は定かではない。

日秋が卒業した警察学校でも、異様なまでの検挙率アップの原因に対し、級友たちは皆興味津々だった。だが日秋は別段知りたいとは思わない。日秋の望みも興味も、別のところにあるからだ。

日秋の父、俊克《としかつ》もまた警察官だった。

と言っても犯罪捜査に携わる刑事ではなく、警察内のサーバー構築や保守を専門とする

エンジニアとして働いていたのだ。警察からＩＤを発行されているだけの、ただのサラリーマンだよと在りし日の父は苦笑していた。実際父は元々工学部の出身であり、大学卒業後は民間の大手ＳＩベンダーに就職したのだが、そのスキルを買われて警察に引き抜かれたのである。

だがほとんど一般人と変わらないはずの父は、十年前…日秋が中学生になったばかりの頃、突然帰らぬ人になった。当時から世を騒がせていた凶悪犯『アグレッサー』の起こした爆破事件に巻き込まれてしまったのだ。

何もかもが正体不明の犯罪者は十年前のその日、警察に都内大型ショッピングモールの爆破を予告した。それを受けた警察は爆発物処理班を現場に急行させたのだが、その中に父が交じっていた。

幸い爆弾はすぐに発見されたものの、解体処理が間に合わず爆発し、至近距離に居た隊員と父の命を奪った。遺体はほぼ原形を留めない肉片になってしまったといい、日秋と母には確認すら許されなかった。その後火葬された父は小さな骨の欠片だけになり、家族のもとに帰ってきた。

病弱だった母は心労に耐え切れず、父の死から間も無く後を追うように亡くなった。頼りになる親戚も居らず、独りぼっちになってしまった日秋を引き取ってくれたのが養父の北浦正義《きたうらまさよし》だ。

父の幼馴染《おさななじみ》の北浦は悪化する治安を憂《うれ》い、大学卒業後迷わず警察学校に進んだ、名前の通り正義感の強い男である。父が警察に引き抜かれたのも、北浦の提案だったと聞いた。捜査一課の刑事として日々凶悪犯罪に立ち向かう北浦と、警察官でありながら物静かで争いごとを好まない父。性格は正反対だが、二人はとても仲が良かった。たびたびお土産を持参しては遊びに来てくれる北浦を、日秋はもう一人の父親のように慕っていたのだ。

北浦は天涯孤独となった日秋を実の息子も同然に可愛がり、何不自由無く育て、大学まで進ませてくれた。この国は一度転落した者、身寄りの無い者に冷たい。もし北浦が引き取ってくれなかったら、社会の最底辺を這いずる身になっていただろう。

北浦には返し切れないほどの恩がある。…だからこそ警察官になるよう勧められた時、断れなかったのだ。本当なら犯罪とは関わりの無いところに身を置きたかった。だって警察官なんかになったら、どうしても考えずにはいられなくなってしまう。父の死について

……そこに纏《まつ》わり付く疑問について。

冷静に考えてみれば、父の死は明らかに不自然だった。

何故エンジニアの父が、爆発物処理班と共に出動することになったのか。もちろん犯罪捜査でもエンジニアが必要とされる現場は多いが、父は完全に内勤だった。日秋の知る限り、現場に赴《おもむ》いたことは無かったはずだ。それが何故、あの日に限って？

…北浦には聞けなかった。爆破事件の日、北浦は別の事件現場に駆り出されていたのだ

そうだ。もし自分が居れば父を危険な現場になど行かせなかった、そもそも自分が引き抜いたせいで父は死ぬはめになったのだと己を責め続けている。もし尋ねたとしても、現場に居なかった北浦に答えられることは無いだろう。

……だったら、僕が探り当てるしかない。

あの日、父を現場に向かわせたのは誰なのか。アグレッサーは何故、ショッピングモールを爆破したのか。

アグレッサー関連の情報は機密事項だ。警察のサーバーでも最もセキュリティの厳しい階層に保存されているに違いない。

閲覧《えつらん》を許されているのは上層部でもトップに近い一握りのみ。一般人ではアクセスすら不可能だが、日秋には不可能を可能にする力があった。…大恩ある北浦にすら明かせない、明かしてはいけない力でも、使わないという選択肢など無かった。

正体不明の襲撃者がいずこかへ運ばれていくのを見届けた後、ようやく警視庁にたどり着いた日秋をエントランスで待ち受けていたのは養父の北浦だった。

日秋は慌てて駆け寄り、頭を下げる。

「北浦さん、すみません！　遅れてしまって…」

「ああ、いいんだ。事情は司令から聞いている。…初日からとんでもない事件に巻き込まれちまったな。大丈夫か？　どこも怪我《けが》は無いか？」

「はい、大丈夫です。巻き込まれたと言っても、遠くから見ていただけですから」

促されるがままその場でくるりと回ってみせると、やっと安心したのか、北浦は厳しい表情を緩めた。

「じゃあ医務室には寄らなくていいな。…付いて来い。お前に会いたいってお方がいらっしゃる」

「え…、僕に？」

日秋の疑問には答えず、北浦は背を向けて歩き出した。急いで追いかけながら、日秋は頭脳をめまぐるしく回転させる。

……『イレブン』のことがばれた…、んじゃないよな。だったら問答無用でサイバー犯罪対策課に連行されるはずだ。だったらやっぱり、さっきの事件絡み？

アグレッサー――父の仇かもしれない男が脳裏をよぎる。あの男は日秋を知っているのだろうか。日秋は顔を合わせた覚えなど無い。『イレブン』としてなら、あるいは…。

考え込みながら北浦を追ううちに、日秋はエレベーターを二度乗り換え、二十八階に到着した。革靴が沈み込むほど柔らかなカーペットの感触に、ごくりと息を呑む。

この最上階はたいていの警察官は定年まで縁の無いお偉方の執務室が集まっているエリ

アだ。『お前に会いたいってお方』…北浦はノンキャリアとしては異例の昇進を重ね、捜査一課から公安第三課の課長に就任し、今や警視である。その北浦が敬意を払わなければならない相手はごくわずかだ。

「……ここに入る前に、言っておきたいことがある」

北浦は分厚いセキュリティドアの前で足を止め、日秋の両肩を掴んだ。叩き上げの刑事として数え切れないほどの犯罪者を捕らえてきた手は力強く、スーツ越しにも温かい。

「俺も上からのお達しには逆らえない。だがお前は俊克から預かった大切な息子だ。どうしても耐えられなければ俺に言え。どんな手を使ってでも、必ず助けてやる」

「…どういうことですか？」

「すぐにわかる。——北浦です。霜月を連れて参りました」

北浦がマイクに呼びかけると、すぐに分厚いドアを開いた。日秋がいつもの癖でセキュリティシステムをチェックしようとした時だ。ガシャン、と金属の軋む音が響いたのは。

「……な…っ…!?」

日秋はとっさに部屋の方を向いたまま動けなくなった。

広い部屋の真ん中に、人間大のケージが置かれている。囚われているのは——あの襲撃者だ。口輪《マズル》を嵌められ、両手足を特殊金属製の拘束具で縛められているが、間違い無い。

細い隙間から日秋を射竦《いすく》める青灰色《せいかいしょく》の瞳。あんな瞳が、この世に二つとあるわけがない。

……同じだ。あの時と。

何人もの機動隊員に囲まれていたのに、日秋だけを見詰めていた。縋《すが》るように、焦がれるように。

バチバチィッ！

ごんっ、と襲撃者が額《ひたい》を押し付けるや、ケージの格子は青白い電光を帯びた。立ちのぼる煙と肉の焼ける嫌な臭いに、日秋ははっとする。あれはただのケージではなく、凶悪犯用の電撃檻だ。格子には高圧電流が流れており、触れれば容赦無く肌を焼かれる。

……あいつ、どうして……。

普通の人間ならショック死しかねない電流だ。想像を絶する激痛に襲われているはずなのに、襲撃者は何度も何度も格子に顔を押し当てる。少しでも近くで日秋を見詰めようとするかのように。

「……さ、佐瀬《させ》」

震える声を絞り出したのは、窓際の重厚なデスクに座した初老の男だった。

実際に対面するのは初めてだが、顔だけは知っている。警視総監の二瓶《にへい》だ。公式サイトに掲載された写真では自信に満ちた表情だったが、今はすっかり怯えきってしまっている。

「承知しました」

佐瀬と呼ばれた細い目に眼鏡をかけた男は頷き、腕の端末を操作する。すると電撃檻の

出力が一段階上がり、格子はさっきまでとは比べ物にならないほど強い電流を纏った。刹《せつ》那《な》、落雷にも似た音と共に襲撃者の身体は弾き飛ばされ、鋼鉄の床に叩き付けられる。

「や、……やめて下さい！　拘束中の被疑者に対する暴力は禁じられているはずです！」

日秋はたまらず抗議するが、佐瀬はくだらないと言いたげに鼻を鳴らした。

「人間相手ならそうだろうな。あいにくこいつは、法律の埒外《らちがい》のクズだ」

「…何を言って…」

「佐瀬、霜月、そこまでだ。警視総監殿の前だぞ」

北浦に注意され、佐瀬は姿勢を正した。日秋もおとなしく引き下がって二瓶に敬礼する。決して納得したわけではないが、きっとこれから説明があるのだろう。襲撃者の正体についても、人権を無視した処遇についても。

「……警視総監の二瓶だ。今日は君に通達事項があって来てもらった。北浦くん、説明を」

二瓶の指示を受け、北浦が警察官の表情で口を開く。

「最初に言っておくが、ここで見聞きした情報については他言厳禁だ。もし外に漏れた場合は厳しいペナルティが課される。いいな？」

「……はい」

最大の機密であるはずの襲撃者は強力な電流に意識を焼かれたのか、うつ伏せに倒れたままぴくりとも動かない。この男を凶悪犯専用の拘束施設に護送せず、危険を冒してまで

警視庁のトップのもとに引き出した理由は何なのか。

「まずその男だが、ＩＣＰＯのデータサーバーとの照合の結果、我が国及び世界七か国から国際手配中の被疑者――通称『アグレッサー』だと判明した」

「……っ……！」

考え込んでいた日秋を、北浦の告げた言葉はしたたかに殴り付けた。

炎に焼かれ、爆散した父。小さな骨の欠片が数個収められただけの骨壺。痩せ細った病床の母。悪夢と現実の記憶が入り混じり、脳みそをぐちゃぐちゃにかき混ぜられそうになり、日秋はこみ上げてくる苦いものを呑み込む。

「護送車を襲った動機は頑として吐かなかったが、そこは何の問題も無い。殺人罪、傷害致死罪、強盗殺人罪、爆発物取締法違反、器物損壊罪……めぼしいところを挙げただけでも、死刑は間違い無いからな」

「つまり僕、いえ本官は、先ほどの事件の目撃情報を提供するために呼ばれたのではないということですね」

ならばいったい何のために呼ばれたのか。世界じゅうの司法機関が欲してやまないアグレッサーの身柄の処遇について協議するなら、新人警官など必要無いはずだ。確かに日秋はアグレッサーに身内を殺された遺族だが、同じ立場の人間はたくさん居る。

日秋に答えを示したのは佐瀬だった。

「…君に、そこのスレイブを引き受けてもらおうと思ってね」

「奴隷《スレイブ》…？」

「ああ、失礼。自己紹介がまだだったね」

佐瀬が端末を操作する。

送られてきた佐瀬のＩＤ情報を確認し、日秋は目を見開いた。——警視庁公安部『第五課』課長。警視庁の公安部には、外事を除けば第四課までしか存在しないはずだ。

「驚くのも無理は無い。我が五課はスレイブ運用のため十年前に設立されたばかりで、公には存在しないことになっているからね。五課の存在を知るのはこちらにいらっしゃる総監と副総監を除けば、公安部の各課長くらいだ」

十年前と言えば、父が亡くなったのと同じ年だ。頬を強張らせる日秋に、佐瀬は淡々と説明を始める。

——治安悪化に苦悩する警視庁は十年前から、スレイブの導入に踏み切った。逮捕された凶悪犯のうち、死刑相当の者から知能・身体共に標準以上の能力を持つ個体を選り抜き、パニッシュメントと呼ばれる特殊な制御系ナノマシンを投与するのだ。

パニッシュメントを投与された元犯罪者はその行動を大きく制限されるが、代わりに身体能力が飛躍的にアップする。そして専用のマスターデバイスを装着した警察官…マスターとリンクし、マスターの命令には絶対服従するようになる。それこそ奴隷《スレイブ》のように。

反逆すれば嵌められた首輪型爆弾が反応し、爆発する。

犯罪者としては非常に優秀なスレイブが捜査する側に回るのだ。しかも表向きは死刑が執行されたことにして戸籍も抹消する。法的に存在しない人間ゆえ法に縛られず、また保護もされない。どんな『捜査』をさせようと、危険な現場に投入して最悪死亡しようと一切の責任を問われない。検挙率が上がるのは当然だろうが……。

「元犯罪者を捜査に活用するのは、何も今に始まったことではない」

思わずゆがめた唇から非難の匂いを嗅ぎ取ったのか、佐瀬は眼鏡の下の瞳を不本意そうに眇《すが》めた。

「いつの世も蛇《じゃ》の道は蛇《へび》だからね。どのみち死刑に処されるのだから、犯罪捜査に貢献させてから死ぬ方が償いになるだろう？」

「……それは……」

治安の維持という観点からは、佐瀬の言い分にも一理あるのかもしれない。

だが犯罪者とはいえ裁判を受ける権利を奪った上、奴隷のごとく使役し、警察官でもないのに危険な現場に出動させるのは明白な人権侵害だ。公にされれば議論を呼び、猛烈な批判を受けるのは免《まぬが》れない。承知しているからこそ、警視庁は五課ごとスレイブの存在を秘匿《ひとく》するのだ。

検挙率回復の原因が、死んだことにされた犯罪者たちだったなんて――。

　まるで大昔のホロムービーみたいな話だ。悪質な冗談か何かだと思いたいが、警視総監を巻き込んでまで新人をからかったりはしないだろう。

　ぐらりと視界が揺れ、日秋は拳をきつく握り締める。…警察官の道に進んだのは、北浦に勧められたからだ。日秋自身が望んだことではなかったはずなのに、どうやら自分で思うよりも警察官という職業に理想を抱いていたらしい。

「さて、ここからが本題だ」

　日秋の苦悩などお構い無しに、佐瀬は眼鏡のフレームを押し上げながら告げる。

「霜月日秋警部補。君にはスレイブとなったアグレッサーのマスターになってもらう」

「…え…、あの、佐瀬さん…」

「言うまでもないがこれは命令だ。拒否は認められない。機密上、正式な人事の発令通知はされないので覚えておくように。それと…」

「……待って下さい！　質問をさせて頂きたいのですが！」

　日秋は慌てて声を張り上げた。

「構わないが、何か不明な点があったかね？」

「…不明な点だらけです。まず、本官が警部補とはどういうことでしょうか。本官は巡査として配属されたはずですが」

　警部補と言えばキャリア組のスタートラインであり、巡査の二つ上の階級だ。ノンキャ

リアの日秋が昇進するにはある程度実務を経験し、上司の評価を得た上で筆記試験を突破しなければならない。

「危険手当だと思ってくれればいい。スレイブが投入されるのは基本的に命の危険が伴う現場だが、特殊勤務手当を計上することも、その記録を残すことも出来ないのでね」

階級が上がれば基本給も上がる。その分を公的には支給出来ない危険手当の代わりに、ということだろう。ノンキャリアの新人にキャリア並の待遇をする不自然さよりも、スレイブに関する情報の痕跡《こんせき》を残すリスクの方が高いのか。

ますますもって嫌な予感しかしないが、突っ込んだところで詳しく説明などしてくれないだろう。帰宅後、自分で調べなければなるまい。

「では次の質問ですが……何故この男、いえアグレッサーをスレイブに？　アグレッサーは国際手配中の凶悪犯です。飼い馴らすには性質《たち》が悪すぎるのではないでしょうか」

「ああ、それは簡単だよ。アグレッサー自身が望んだからだ。霜月警部補、君が自分のマスターを務めるのなら、喜んでスレイブになると」

「——は、……？」

予想外の言葉に、頭が真っ白に染め上げられる。ぶつけるつもりだった他の質問はどこかへ飛んでいってしまった。

佐瀬はにやりと笑い、棒立ちになった日秋の肩を叩く。

「アグレッサーからのご指名だ。こんなことは五課始まって以来の珍事だぞ」

「………………」

「ほんの少しの間に相当気に入られたようだな。やはり血筋というものが…」

「――佐瀬」

北浦が渋面《じゅうめん》で割り込んだ。もう一人の二瓶はと言えば、完全なる傍観者《ぼうかんしゃ》だ。

「そいつはまだ現場に出たことすらねえひよっこで…しかもアグレッサーに父親を殺されてるんだ。アグレッサーのマスターに据えるなんて、俺は賛成出来ない」

「そのひよっこをいきなりご自分の手元に置こうとしたのは、どちら様でしたかね？　…どのみち彼はスレイブと無関係とは言えないでしょうに」

佐瀬は鼻先で嗤い、腕の端末を日秋の前にかざした。発した光が立体映像化し、モニターを形成する。点滅した後、ぱっと表示されたのはソースコード…コンピューターを動かすためのプログラムだ。

複雑なコードの内容を要約するなら、『対象を制御し、コード実行者の指示に従って動かす』ことである。ショッピングサイトでも使用されている、ごくありふれた内容だ。…使役される対象が、生きた人間…正確には、生きた人間に埋め込まれた制御用ナノマシンでさえなければ。

「そんな、……まさか……」

ソースコードなど誰が書いてもそう大きく変わらないが、人間が作る以上、好みや癖のようなものは出る。一切の無駄を省き、効率性と正確性を極めたこのコードに、日秋はたとえようの無い懐かしさを覚えた。遠い昔、日秋を膝に乗せた父が、幼い子どもにもわかるよう愛用のマシンで書いてくれた…。

「criminal hound ability intension——通称『Ｃｈａｉｎ《チェイン》』。マスターデバイスを介し、スレイブとマスターをつなげるリンクプログラム」

佐瀬は唇を吊り上げ、こんこんと端末をつついた。その指には銀色の指輪《リング》が嵌められている。結婚指輪にしては妙なデザインだ。幅は一センチはありそうだし、紫や青、黄色や緑の小さな宝石が並んでいる。

「お察しの通り、君の亡き父上、霜月俊克氏の構築したプログラムだ。遺産と言ってもいいだろう。Ｃｈａｉｎ無くしてスレイブは制御不可能だ。スレイブの産みの親にも等しい霜月氏の子息が警察官になったのなら、関わらない方がむしろ不自然ではないか？」

「…父…、さんが、こんなものを……」

嘘だと思いたかった。記憶の中の父はいつも穏やかに微笑み、市民の安全のため自分の知識を活用しようとしていた優しい人だ。

けれどこのコードは間違い無く父が書いたものだ。息子であり、愛弟子でもあった日秋だからこそわかる。父以外にこのコードを作成するのは不可能だと。

「スレイブの現場投入が果たされないまま、霜月氏が殉職《じゅんしょく》されたのは警察にとっても不幸だった。だが息子の君がマスターとして活躍すれば、氏も喜ばれることだろう。……総監殿もそう思われませんか？」

「……あ、ああ。むろん思うとも」

置物と化していた二瓶ががくがくと首を上下させた。北浦は納得しかねるとばかりに首を振るが、警視総監が同意した以上、階級に縛られる身で否やは唱えられない。

『どうしても耐えられなければ俺に言え。どんな手を使ってでも、必ず助けてやる』

こうなるとわかっていたから、北浦はあんなことを言ったのだろう。日秋が泣き付けば、約束通りどんな手段を用いても助けてくれるに違いない。

…だからこそ、北浦には決して頼ってはならないのだ。警視総監の命令に逆らえば、北浦の警察官としての生命は失われる可能性が非常に高い。

「――おい、起きろアグレッサー。お望みのマスターだぞ」

佐瀬は電撃檻の扉を開けると、アグレッサーの肩を蹴った。当然、電流は切ってある。

「…、……っ！」

アグレッサーは扉が開いていることに気付くや、すさまじい速さで床を這って日秋の足元までたどり着いた。そのバイタリティと不屈の精神力に、背筋が凍り付きそうになる。

これがついさっき高圧電流に全身を焼かれた男だろうか。アグレッサーに施設を破壊さ

れた各国政府の中には、死体でもいいから法廷に引きずり出そうと暗殺部隊を派遣したところもあるという。

協力者は居るようだが、アグレッサーは基本的に一匹狼だ。たった一人で各国の捜査機関を翻弄し、逃げおおせてきた。こいつは本当に生身の人間なのか？　まだどこかの研究機関から逃げ出したアンドロイドか、改造人間《サイボーグ》だと言われた方が納得出来る。だが日秋を見上げる双眸に宿るぎらぎらした光は、生きた人間だけが持つものだ。

「すでにパニッシュメントは投与してある。あとはマスター認証を済ませるだけだ」

佐瀬は端末でアグレッサーの拘束具のロックを解除した。自由の身となったアグレッサーは口輪をむしり、素早く起き上がると、佐瀬が差し出した小さな箱を奪い取る。大きな手がそっと箱を開けた。中に収められていたのは銀色に光る幅広の指輪《リング》だ。佐瀬の指輪によく似ているが、こちらには飾りの宝石は一つも付いていない。

「急ごしらえで悪いが、君のマスターデバイスだ。……手を」

佐瀬に促され、日秋は震える手を伸ばす。アグレッサーはぎらんと青灰色の双眸を底光りさせ、反射的に引っ込めそうになった日秋の左手を捕らえた。

……噛み付かれる！

日秋はぎゅっと目を瞑る。

だが次の瞬間、手の甲に落ちたのは熱く、やわらかな感触だった。恐る恐る開けた目が、

燃え盛る炎を宿したアグレッサーのそれと重なる。

手の甲に押し当てられていた唇が、そっと離れていった。

「あ……」

大きくごつごつとした手からは想像もつかない恭《うやうや》しさで、アグレッサーは日秋の薬指にマスターデバイスを嵌める。ピッ、と小さな電子音が鳴り、発光したデバイスの表面に複雑な回路が浮かび上がった。日秋の端末からＩＤを拾い、自動的に登録したらしい。光はすぐに消え、元の銀色に戻る。

慣れない感触に戸惑う日秋に、佐瀬は指輪と揃いの色の首輪を手渡した。スレイブの反逆を防ぐための首輪型爆弾だ。アグレッサーが日秋に牙を剥《む》けば、この首輪がアグレッサーの命を奪う。

承知しているだろうに、アグレッサーは従順な下僕か飼い犬のようにひざまずき、首を差し出す。この男が本当に父を殺したのか。何故日秋をマスターに望んだのか。

何度目かもわからなくなった疑問を呑み込み、日秋はアグレッサーの首に首輪を嵌める。こちらも一瞬発光して回路を浮かび上がらせたが、すぐに元に戻った。

いつか己を殺すかもしれないそれを、アグレッサーは愛おしそうに撫でる。

「マスター就任おめでとう。五課は君を歓迎するよ」

ぱちぱちと掌を打ち鳴らす佐瀬も、苛立ちを隠せない北浦も、可能な限り傍観者であろ

うとする警視総監も一顧《いっこ》だにしない。

青灰色の瞳は、日秋だけに注がれていた。


不安しか無い儀式を終えると、日秋は地下九階に連れて来られた。

公安部の一課から四課までは中層フロアにあるのだが、五課は機密保持のため別フロアだ。地下九階と十階は五課の専用フロアで、専用ＩＤを持つ者以外は入れないという。外部との通信も制限されるため、今のところ北浦と連絡を取るすべは無い。

「おっ、噂のルーキーのお出ましか」

「あのアグレッサーがまさかうちのスレイブになるとはねえ」

「さっきのドンパチ目撃してたって本当ですか？　後で詳しく聞かせて下さいよ」

緊急の呼び出しを受けた佐瀬が出て行ってしまうと、日秋はさっそく同僚三人に取り囲まれた。

内部にすら存在を秘匿された機密部署というからてっきりベテランの刑事ばかりだろうと思っていたが、三人とも予想より若い。最初に話しかけてきた男性二人はせいぜい三十代前半くらいだろうし、敬語の女性にいたっては日秋とそう変わらないように見える。

「あ、すまん。自己紹介がまだだったな。俺は勝野《かつの》」

日秋が面食らっているのに気付いた男が端末にＩＤを送ってくれた。ごつい顔立ちに逞しい体格は、どこか北浦に似ている。

「ごめんごめん。僕は別所《べっしょ》。この三人の中では一番下っ端だから、わからないことがあったら気軽に聞いてね」

「私は杉岡《すぎおか》です。よろしくお願いします」

するとと残りの二人もＩＤを送ってくれた。温和そうな男性が別所、大きな目の可愛らしい女性が杉岡だ。三人とも階級は警部、日秋の一つ上である。そして三人の指には日秋と同じ銀色の指輪…マスターデバイスが嵌まっていた。彼らのデバイスにも、佐瀬のような宝石の飾りは無い。

「霜月日秋です。わからないことばかりですが、ご指導ご鞭撻《べんたつ》のほどよろしくお願い申し上げます」

思ったより気さくな空気だが、警察は純然たる階級社会だ。日秋が頭を下げると、三人は顔を見合わせ、ぷっと噴き出した。

「アグレッサーからのご指名だっていうからどんな粋《いき》がった小僧が来るかと思ったら、ずいぶん礼儀正しいじゃないか」

「そんなにかしこまらなくていいんだよ。僕たちは先輩と後輩である前に、同じ秘密を分かち合う…言わば仲間みたいなものだからね」

勝野が顔をくしゃくしゃにして笑えば、別所がうんうんと頷く。杉岡は興味津々の眼差しを日秋に…いや、日秋の背後に注いだ。

「それがアグレッサーなんですね。嘘みたい…本当に服従してる…」

「………」

同僚三人分の注目を集めても、アグレッサーは黙したまま、じっと日秋を見下ろしている。警視総監室を出た時からずっとこの有様《ありさま》だ。日秋が急ぎ足になろうと走ろうとぴったり付いて来て、背後霊のごとく張り付いて離れない。それでいて日秋の身体には一切ぶつからないのだからたいしたものだ。

日秋が肩越しに視線を送ると、ぱあっ、とアグレッサーは大好きな飼い主に構ってもらえた飼い犬のように顔を輝かせる。無邪気《むじゃき》ですらある表情は、数え切れないほどの罪を犯してきた凶悪犯にはとても見えない。

――お前は本当に、父さんを殺したのか？

何度も喉奥から飛び出しそうになった質問を、また飲み下す。同僚たちの前で、そんな問いかけをするわけにはいかない。

わあっ、と杉岡は歓声を上げる。

「イケメンじゃないですか。ワイルドで危険な匂いがむんむんして、芸能人とはまた違った魅力がありますよねえ」

「芸能人なんて、あいつらどこかしらいじってるだろ？　作り物のどこがいいんだか」

「あれはあれでいいんですよ、観賞用なんだから。…でも、こっちは全部天然ものですよね。お直し無しでここまで整ってるなんて、最近じゃなかなか…」

杉岡は勝野を軽く睨み、アグレッサーに手を伸ばす。その指先がアグレッサーの肩に触れそうになった時、ぞくんと全身に悪寒が走った。背後から噴き出す、これは冷気？　…いや、殺気だ。ほんの少し浴びただけで、全身を切り刻まれてしまうほどの。

「きゃあああっ!?」

殺意剥き出しの双眸に射られ、杉岡は勝野の陰に逃げ込んだ。盾にされた勝野も別所も真っ青になっている。

「お、おいルーキー、こいつ本当にパニッシュメントぶち込んであるんだよな？」

「佐瀬課長はそうおっしゃっていましたが…」

「マジかよ…。さすがアグレッサー、スレイブになってもただ者じゃないってことか」

勝野はばりばりと頭を掻き、マスターデバイスを嵌めた指を目の前にかざした。来い、と短くコマンドを発すると、三十秒も経たないうちにオフィス奥のスライドドアが開く。

「あの男は…！」

日秋は思わず声を上げた。現れたコンバットスーツの男は、アグレッサーを捕獲した小山のような体格の隊員だったのだ。あの時見た首輪もちゃんと嵌まっている。アグレッ

サーと同じ銀色の首輪――ということは…。

「あれは俺が今使ってるスレイブだ。…弐号《にごう》、こっちに来い」

命令に従った弐号が勝野の前で立ち止まると、グルル、とアグレッサーが低く唸った。

自分を捕縛した男だと覚えているのだろうか。

「ルーキー、こいつとアグレッサーをよく見比べてみろ」

「…は、はい」

日秋は言われるがまま、弐号と背後のアグレッサーを順繰りに観察する。

弐号は日秋が周囲をぐるりと回ろうと、間近で凝視しようと眉一つ動かさない。なかなか整っていると言っていい顔に生気は無く、筋肉で隆起した胸がかすかに上下していなければ、ＡＩ制御されたアンドロイドと言っても通用するだろう。

「……！　……っ！」

対してアグレッサーはと言えば、日秋の視線を浴びたとたん歓喜に跳び上がった。日秋が右を向けば右、左を向けば左。ぴょこぴょこと小刻みに動いては、少しでも多く視界に収まろうとする。同じ首輪型爆弾を装着したスレイブだが、その差は歴然だ。

「嘘だろ……」

「何これ…、信じられない……」

別所と杉岡が呆然としている。スレイブとしてスタンダードなのは弐号の方なのだろう。

「Ｃｈａｉｎはスレイブの精神に強い負荷をかけるんだよ。意に染まないことを強制するんだから、まあ当然ではあるんだけど」

顎を落ち着き無くさする別所の横で、杉岡も頷く。

「だから使役され続けるうちに精神がすり減り、お人形さんみたいな無表情になって、最後には壊れて処分されるんです。アグレッサーはパニッシュメントを投与されたばかりで、まだ精神をやられてないせいかもしれませんけど…それにしても…」

「……処分？」

「拘置所に送るだけですよ。私たちが直接手を下すわけじゃありませんから、そこは安心して下さい」

にっこりと杉岡は笑うが、日秋はとても笑えなかった。…死刑は拘置所内で執行される。つまり『壊れた』スレイブは、酷使された末に殺されるということだ。

「ルーキー、お前ラッキーだぞ。拘置所で処分してもらえるようになったのは、ここ三年くらいのことだからなあ」

「マスターなら最後まで面倒見ろって言われてたからねえ。おかげで実弾射撃の腕は上がったけど」

軽い世間話でもするように、勝野と別所は頷き合う。何の罪悪感も無さそうな表情が、日秋には恐ろしかった。だって日秋の推測が正しいのなら、彼らはかつて壊れたスレイブ

を自ら『処分』……殺したということなのに。

……人を殺しておいて、どうして平気でいられるんだ？

くらりとめまいがした。三人の同僚と自分はあまりに違いすぎる。彼らはそういう性質の人間だったからこそ佐瀬に選ばれたのか。あるいは元々は善良な警察官だったのに、変えられてしまったのか。

Ｃｈａｉｎに――父の遺作によって？

くい、とスーツの裾を引かれ、日秋は我に返った。アグレッサーがじっと日秋を見詰めている。切なそうに細められた青灰色の瞳に宿るのは、日秋に対する心配と労りだ。…父を殺した男が同僚よりまともに見える。なんて職場に配属されてしまったのだろう。

――ピピーッ、ピピーッ。

腕の端末からけたたましいアラームが鳴り響いた。瞬時に表情を引き締めた同僚たちに倣《なら》い、日秋も通信回線を開く。

『勝野、別所、杉岡、それと霜月。全員揃っているな』

聞こえてきたのは佐瀬の声だった。

『Ｓ区のファミリーレストランに数人の男が立てこもり、客を人質に取っていると通報が入った。五課が対処に当たる。各員、スレイブと共に出動せよ。私は現場に先行する』

現場のファミリーレストランのマップデータが送られた直後、通信は切れた。

……立てこもり事件に、公安が出動だって？　普通は機動隊か、特殊犯捜査係《SIT》の出番じゃないのか？

当惑しているのは日秋だけで、別所と杉岡はマスターデバイスから彼らのスレイブに九階へ来るよう命じている。地下十階はスレイブたちの宿舎だと佐瀬から聞いた。アグレッサーも今日から十階で寝泊りすることになるのだろう。

勝野が苦笑し、日秋の肩を叩いた。ぴくり、と背後のアグレッサーが反応する。

「…ま、お前さんとアグレッサーの実地研修ってとこだろうな。五課の仕事はやってみなきゃわからないことだらけだから」

「勝野さん…」

「ああ、言い忘れてたが五課の外で『スレイブ』って口にするのは厳禁だ。どこから機密が漏れるかわからないからな」

だったら何と言えばいいのか。日秋の疑問を察したのか、勝野は『ひざまずけ』と弐号に命じた。弐号が従うと、ソフトモヒカンの頭を何のためらいも無く踏み付ける。

「――それは当然、『イヌ』だろう？」

ぐりぐり蹂躙《じゅうりん》されても、弐号は抵抗せずされるがままだ。日秋の方がいたたまれなくなり、そっと目を逸らすと、アグレッサーは何故かうらやましそうに弐号を眺めていた。

　事件が起きたのは、駅前のビジネスホテルの一階に入ったファミリーレストランだ。ちょうど朝食の時間帯が終わったばかりだったのが幸いし、犯人たちが押し入った時、店内には数人の客しか居なかった。客と店舗スタッフは犯人グループが店長を脅している間に脱出して全員無事だったが、店長はそのまま人質にされてしまったそうだ。

「逃げたスタッフによれば、犯人は五人。うち少なくとも一人が拳銃を所持しているようだ。小型無人機《ドローン》による偵察はすぐに勘付かれて破壊されたため、人質の安全を考慮して断念。店内の監視カメラにも外部からアクセスを試みたが反応が無い。すでに破壊されたのだろう」

　合流した佐瀬が、運営会社に提出させた店内マップを立体化モニターに表示させながら説明する。一帯は封鎖され、ホテル従業員や宿泊客も避難したそうだ。報道も徹底的に規制され、あたりは重大事件が起きているとは思えないくらい静まり返っている。

「犯人の正体は掴めたんですか?」

　別所が尋ねた。背後には細身の男が影のように控えている。黒のコンバットスーツに、銀色の首輪。別所のスレイブだ。弐号を連れた勝野は現場の入り口をじっと観察している。

「小型無人機が撮影した写真を各医療機関及び電気機器メーカーに問い合わせたが、該当者は居なかった」

「ということは、また『不要の人』の犯行の可能性が高いですね」

杉岡が眉を顰《ひそ》めた。杉岡のスレイブはすらりと均整の取れた体格の若い男性だ。甘く整った顔立ちはアジア系だが、瞳の色は不自然なくらい明るい琥珀《こはく》色で、生気の失せた無表情とあいまって自動人形のように見える。

『不要の人』とは、貧窮家庭に生まれたせいで医療用ナノマシンはもちろん、高度な教育を受ける機会や頼れる親類すら無く、まともな就職先も見付からず社会の最底辺をうごめく人々を指す。最初はネットスラングだったのだが、今は公にも用いられるようになった。

どこからも誰からも必要とされない存在は、逮捕されようと失うものが無い。だから何の躊躇《ちゅうちょ》も無く罪を犯し、時には死刑になって人生を終わらせたいという理由で凶悪犯罪を起こす。彼らによる犯行は今や国内犯罪の一割近くを占め、大きな社会問題となっているが、根本的な対策は講じられていないのが現状だ。

医療用ナノマシンを投与された市民なら接種した医療機関、もしくはナノマシンの製造元であるメーカーに情報があるから、照合すればすぐに個人情報を入手出来る。どちらにも無かったということは、杉岡の推察した通り『不要の人』である可能性が高い。

別所が再び質問する。

「奴ら、何か要求しているんですか？」

「彼らが熱狂的に応援しているというアイドルグループを連れて来ることと、逃走用ヘリ

と飛行機のチャーター、及び海外への脱出だ」

「…それはまた…」

　これには日秋も別所と一緒に呆れるしかない。どの要求も受け容れられるわけがないことくらい、警察官でなくてもわかるだろう。犯人たちはきっと大きな事件を起こし、ただ世間の注目を浴びたいだけなのだ。その上で死刑になれれば最高、とでも考えているのかもしれない。

「……お誂《あつら》え向きだな」

　ぼそりと佐瀬が呟いた。その意味を問う暇も与えず、命令を発動する。

「あと一時間で報道規制が解かれる。各員、イヌを店内に突入させろ」

「はいっ！」

　呆気に取られる日秋をよそに、同僚たちはスレイブたちに突入を命じる。弐号と名も知らないスレイブ二人は常人では不可能な速さで疾走し、ガラスドアをぶち壊しながら店内に突進していった。残ったのは、日秋から離れようとしないアグレッサーだけだ。

「…どうした霜月。君もだぞ」

「で…、ですが課長、中の様子がわからないまま突入させるなんて自殺行為です。人質の命だってどうなるか…！」

　こういうケースでは可能な限り交渉を行い、犯人の気力を削ぎつつ投降を促すのがセオ

リーのはずだ。最優先すべきは人質の命。最後の手段で突入するにしても、馬鹿正直に正面から攻め込めば的にされるだけで、自棄《やけ》になった犯人に人質が殺されかねない。

「御託《ごたく》は結構。…私はイヌを突入させろと命じたんだ。聞こえなかったのかね？」

佐瀬は苛立たしげに眼鏡のフレームを押し上げた。マスターデバイスに嵌め込まれた何色もの宝石がぎらりと不気味に光る。

「…霜月さん、霜月さん！」

近寄ってきた杉岡が囁いた。目が合えば、苦い顔でふるふると首を振られる。ここは黙って従っておけ、と言いたいらしい。

……でも、そんなことをしたら…こいつは……。

日秋が唇を噛み締めながら背後を振り返れば、アグレッサーはぱぁあっと雲間に太陽が差し込んだように笑った。日秋に嵌めてもらった首輪を大事そうに撫で、こくりと頷くや、長い脚が地面を蹴る。

「……待てっ！」

我に返った日秋が叫んだ時には、アグレッサーの長身はレストラン店内に消えていた。ふらりと前に進みかけた日秋を勝野が引き寄せ、電信柱の陰まで連れて行く。

「いいからお前はここでじっとしておけ。戦うのはイヌの役目。マスターの役割は奴らを支配し、暴走しないよう監視するだけだ」

「それと、佐瀬課長には何があっても絶対逆らっちゃ駄目だよ。あの人はマスターでもイヌでも、思い通りにならない奴は大嫌いだから」

「そうですよ。せっかく配属された新人を、早々に失いたくありません」

勝野、別所、杉岡がひそめた声で口々に警告してくる。

パン、パンッ！

背筋が寒くなった時、店内から乾いた音が響いた。誰かが…いや、犯人が発砲したのだ。スレイブたちの武器は己の肉体のみで、警棒すら帯びていない。

同僚たちは佐瀬のもとに戻り、スレイブの行動を監視し始めた。スレイブの行動は逐一体内のナノマシン、パニッシュメントに記録され、電波と化した行動データはマスターデバイスを介し、マスターの脳に常時送信される。マスターの意に沿わない行動があれば、マスターはデバイスを通じて適宜《てきぎ》修正出来る。リアルタイムの監視と制御を可能にしているのがＣｈａｉｎ…亡き父の『遺作』だ。

――スレイブの産みの親にも等しい霜月氏の子息が警察官になったのなら、関わらない方がむしろ不自然ではないか？

ぎゅっとつむったまぶたの裏に、在りし日の父が思い浮かぶ。

いつも穏やかで、声を荒らげたことすら無かった父。いつか僕もお父さんと同じ警察官になる、と日秋が言ったら、優しいお前ならきっといい警察官になれるだろうと誉《ほ》めてく

れた。警察官に必要なのは正義感でも強さでもない、優しさなのだと。…優しくなければ、守るべき市民の心を理解出来ないからと。

もしも父が今の日秋を見たら、きっと――。

「…あっ、ルーキー!?」

「どこ行くんだよ、おい！」

駆け出した日秋の背後で、勝野と別所が叫ぶ。無言のまま圧力をまき散らす佐瀬は怖かったが、日秋は止まれない。

「ちょっと…、霜月くん！　何を馬鹿なことをしてるんですか!?」

杉岡の悲鳴が聞こえた。…そうだ、自分は今とてつもなく馬鹿なことをしている。上司の命令を破り、武器を持った犯人が五人も立てこもる現場に飛び込むなんて狂気の沙汰《さた》だ。でも。

恐怖と絶望の真っ只中に居るだろう人質と、日秋のために笑って死地へ駆けていった男が脳裏に浮かぶ。見ず知らずの人間と、父を殺した男。

……でも彼らだって、僕たちが守らなきゃならない市民じゃないか！

店内に駆け込むと、日秋はあたりを警戒しながら息を整えた。順番待ち用の椅子が散乱し、観葉植物のプランターが引っくり返っているが、犯人らしき人影もスレイブたちの姿も無い。入ってすぐのところにあるレジを破壊したのは犯人たちだろう。

胸元のホルスターに収納した拳銃の感触を確かめる。現場に向かう直前、勝野の計らいで支給されたものだ。いざという時には、これが唯一の武器である。

足音を忍ばせ、壁に沿って進んでいくとすぐに客席フロアに出た。ウッドフレームのパーテーションの足元に太った男が白目を剥いて倒れている。

日秋は懐に手を入れたまま、そっと傍《かたわ》らにしゃがんだ。

男は真新しいコンバットナイフを握っていた。鋭い刃に血は付着していない。突入したスレイブたちに立ち向かったものの、まともに戦えもせず叩きのめされたのだろう。

フロアには太った男以外にも、ナイフやボウガンを持った男たちが道しるべのように倒れていた。一人、二人、三人……四人。ある者は顔面を潰され、ある者は吐しゃ物を盛大にまき散らして失神している。オープンキッチンに人の気配は無い。

「…急所を一撃、か」

幸い…いや、彼らにとっては不幸かもしれないが、全員まだ息はある。しばらく目を覚ますことは無いと判断し、日秋は四人目が倒れていたすぐ近くの扉に手をかけた。残る犯人はあと一人。倒れている男たちの中にレストランの制服姿の人物は居なかったから、おそらく人質を連れてこの奥に立てこもっているはずだ。

「く…っ、来るなよテメエら…っ…」

細く扉を開けたとたん、色濃く恐怖の滲んだ恫喝《どうかつ》が耳を突き刺した。細長いロッカーの

並んだ狭い部屋は、従業員用のロッカールームだろう。

ベンチをバリケード代わりに張り巡らせ、若い男が血走った眼で吠えている。筋肉の盛り上がった太い腕に首を絞め上げられ、こめかみに銃口を押し付けられているのは人質にされた店長だ。まぶたの腫れ上がった瞳から涙を流し、かたかたと小刻みに震えている。

最優先で守られなければならないはずの人質の存在に、取り囲むスレイブたちは何の注意も払わない。無言のままじりじりと距離を詰めていく。

「来るなっ、来るなって言ってるだろうが！　人質がどうなってもいいのかよ!?」

「…助けて…、助けて下さい……！」

犯人の脅迫も、人質の哀願も、パニッシュメントによって人格を制御されたスレイブには届かないのか。弐号が素早く背後に回り込んだのを合図に、別所と杉岡のスレイブ、そしてアグレッサーも動き出した。トリガーにかけられた犯人の指がけいれんし、ガチガチと不吉な音をたてる。

……このままでは、犯人確保と同時に人質も殺されてしまう！

「――やめろぉぉぉぉっ！」

日秋は叫ぶと同時に中へ飛び込んだ。非力な自分にスレイブたちを止められるとは思えない。だがせめて、何の罪も無い人質だけは助けたい。突然乱入してきた日秋に犯人が気を取られてくれれば、その隙に人質が逃げ出せるかもしれないという、分《ぶ》の悪すぎる賭け

…のはずだったのに。

「え……？」

スレイブたちはいっせいに動きを止めた。彼ら自身の意志でないのは明らかだ。こちらに向けられた顔には驚愕《きょうがく》が滲んでいる。パニッシュメントに精神をむしばまれたスレイブが感情を露わにする、それ自体がありえないことなのだが——。

「ぐあっ……」

再びありえないことが起きた。アグレッサーが疾風《しっぷう》のような速さで走り、犯人の首筋に手刀を叩き込んだのだ。意識を刈り取られ、人質ごと前のめりに倒れた犯人の次は三人のスレイブのみぞおちに拳を打ち込んでいく。

……スレイブがマスターの命令無しに動いた？　そんなことがありうるのか？

指のマスターデバイスは、一見した限り何のエラーも起こしていない。困惑する日秋の足元にアグレッサーがひざまずいた。青灰色の双眸は、誉めて誉めてと輝いている。

…酷い光景だ。身勝手な犯人も人質もスレイブたちも、日秋とアグレッサー以外の全員が倒れて動かない。それを成したのは日秋のスレイブ…日秋の父を殺した男…。

「うう…、た、たす、…け…」

犯人の巨体の下から弱々しい声が聞こえた。人質は生きている。…生かしたのはこの男だ。日秋だけでは助けられなかった。

「……よく、やった」

「――――！」

消え入りそうなねぎらいをしっかり聞き取り、アグレッサーはぱっと破顔する。

……どうして僕はこの男を憎く思えないんだろう。

ほんのり熱を帯びたマスターデバイスごと、日秋はぐっと拳を握り込んだ。

その後人質は病院に搬送されたが、犯人に顔面を殴られた以外の外傷は無く、一週間もすれば通常の生活に戻れるそうだ。犯人たちは逮捕され、留置場に送られた。いずれ意識の回復を待ち、事情聴取を行うことになるだろう。

人質の生還、犯人全員を生かした上での逮捕。犠牲者はゼロ。最高の結果を出したにもかかわらず、五課に帰った日秋を待っていたのは苛立ちも露わな佐瀬だった。

「…何てことをしてくれたのかね、君は」

コツコツ、と佐瀬がデスクをつつく。五課のオフィスには、佐瀬の前に立たされた日秋以外誰も居なかった。佐瀬に恐れをなし、みな逃げ出してしまったのだ。アグレッサーは規律違反を犯した罰として、帰還してすぐ地下の懲罰房《ちょうばつぼう》に叩き込まれている。

「私の命令を無視したばかりか、アグレッサーに命令外の行動を取らせるとは。おかげで

よけいな面倒が増えてしまったではないか」

「…よけいな面倒？　まさか、人質の救出のことをおっしゃっているのですか？」

「それ以外の何があるというのかね？」

絶句する日秋に、佐瀬は冷たく告げた。

「たかがファミリーレストランの店員ごとき、いくらでも替えのきく人間だ。犯人ごと始末してしまえば良かったものを、わざわざ助けるから私の手間が増える」

「私たち警察官の役割は、市民の安全を守ることです。それが手間だとは思えませんが」

日秋が反論すると、佐瀬は細い目を見開いた。組み合わせた両手の上にやおら顎を載せ、身体を揺すり始める。

「ふ…っ、くっくっくっ……」

「…課長？」

「はは…っ…、…ああ、失礼。いかにも北浦さんの言いそうなことだと思ってね」

棘のある口調が日秋の神経を逆撫でする。相性が悪いだろうと思っていたが、北浦と佐瀬は予想以上に険悪な仲のようだ。

「君は思い違いをしているようだ。いや、これは言い忘れていた私も悪いのだがね」

ようやく笑いを収め、佐瀬は下がってしまった眼鏡を直した。

「我ら五課の使命はスレイブを駆使し、凶悪犯罪を解決に導くことだ。そのためであれば

市民の安全は一切考慮しなくて良いと認められている」

「…どういう、ことですか」

「人質に取られようと、捜査の巻き添えになって死亡しようと、我ら五課の人間は責任を問われないということだ。犠牲になった市民は秘密裏に事故死と処理される。今回の人質もそうなるはずだったが…なまじ助かってしまったせいで、後処理が面倒になった」

処理、の言葉に嫌な予感を覚えたが、助かった人間を事故死に見せかけて殺すことまではさすがにしないそうだ。あの店長はスレイブたちの姿を見てしまったので、脳にナノマシンを埋め込み、ここ数か月分の記憶を消去する処置を受けるのだという。

　何の問題も無いと佐瀬は言うが、日秋にはとてもそうは思えない。

「…いきなり数か月分の記憶を消されるんですよ？　社会復帰に多大な支障が出るでしょうし、脳にもどれだけの負担がかかるか…」

「一日分の記憶をピンポイントで消去する技術は未だ確立されていない。仕方が無いだろう。…それに我ら五課は、そんな些末事《さまつじ》に関わっている暇など無いのだ。増加し続ける犯罪を解決し、犯人確保に専念する。それが五課の義務であり、特権なのだから」

　五課には管内のあらゆる事件の情報がリアルタイムでもたらされ、佐瀬は凶悪度や社会への影響などを考慮した上でスレイブ投入を決定する。そうして五課が関わった事件については徹底的な報道規制が布《し》かれ、マスコミに真実が流れることは決して無いという。

……そうか。だから課長は迷わずスレイブたちを突入させたんだ。

たとえ人質が犯人に殺されても、警視庁の失態にはならないのだ。五課の指針は日秋が警察学校で叩き込まれた『たとえ犯人であっても、人命は最大限に尊重されなければならない』という教えと百八十度違う。

それを実地で教えるために、佐瀬はこの立てこもり事件への介入を決めたのだろう。犯人が社会から見放された『不要の人』なら後始末も簡単だ。

そこで日秋は連行された犯人たちを思い出し、嫌な予感を抱く。

「…犯人たちもスレイブの姿を目撃しています。彼らは取り調べ中、スレイブについて言及するのではありませんか」

「『不要の人』の主張など、誰が信じる？　マスコミにしゃべったところで相手にされんよ。…まあ、奴らが無事に刑期を終えられればの話だがね」

くくっと佐瀬は愉快そうに喉を鳴らす。その理由に察しがついてしまった。刑務所は外部から隔絶された巨大な密室だ。ひそかに手を回し、犯人たちを『病死』させることくらい佐瀬には朝飯前だろう。

「君が気に病む必要は無い」

心の奥の罪悪感を、佐瀬は見透かしていた。

「どのみち彼らは最底辺で搾取《さくしゅ》されるだけの存在だ。彼ら自身も理解していたからこそ、

あんな愚行に出た。楽に死なせてやるのだから、むしろ感謝されるだろうよ」

「……ですが……！」

命は等しく尊い。どんな立場の市民であろうと、平等に守られなければならない。

喉元までせり上がった反論を、日秋はぐっと呑み込んだ。叩き付けたところで、嘲笑されて終わりだとたやすく想像がついたからだ。

「五課に配属された以上、物事は俯瞰《ふかん》することだ。今回の事件が迅速に解決されたことで、同様の犯行に大きな歯止めがかかるだろう。たった数人の命で、今後失われるかもしれなかった数多の命が救われるのだ」

「……」

「それもまた市民を守ることにつながると、五課の人間は全員理解している。君もいつか必ず理解してくれると信じているよ」


今後についての注意事項を聞かされ、五課のオフィスを出たとたん、腹がきゅるきゅると空腹を訴えた。腕の端末に表示された時刻は十四時十分。怒濤《どとう》の展開に流されるうちに、すっかり昼食を食べそこねていたようだ。

上の階に食堂はあるが、今は大勢に交じって食事をする気がしない。コンビニにでも

寄って帰ろうかと思っていたら、一階のエレベーターを下りたところで北浦が待っていた。

「そろそろ帰る頃じゃないかと思ってな。かみさんがお前に渡せって、弁当を持たせてくれてたんだ」

「ありがとうございます…！　あの、そこでご一緒してもいいですか？」

日秋が奥の休憩スペースを指すと、北浦は頷いてくれた。中途半端な時間帯のせいか、ドリンクベンダーとベンチが並んだだけのスペースには日秋と北浦以外誰も居ない。

「ほら、遠慮無く食え。とんでもねえことばっかで腹が減っただろう」

北浦はベンダーで緑茶のペットボトルを二本購入し、日秋の隣に座った。促されるがままペットボトルを受け取り、布包みを開ける。中身は予想通り、北浦の妻が作ってくれた大きめのお握りが二個だ。

北浦の妻は世話好きな女性で、実子に恵まれなかったのもあってか、日秋をとても可愛がってくれた。食の細い日秋を心配し、よくこうして夫に日秋の分まで弁当を持たせる。

一個目を食べ終えたあたりで、北浦が沈黙を破った。

「……今回のこと、本当にすまなかった」

「そんな…！　謝らないで下さい。確かに驚くことばかりで、頭がどうにかなってしまいそうですけど…」

日秋は膝の上に広げた可愛らしいナプキンに視線を落とす。北浦が公安部に配属された

のは確か、父俊克が死んで半年ほど経った頃だったはずだ。それから一年とかからず警視に昇進し、三課の課長になった。つまり――。

「…北浦さんはずっと前から、スレ…、…イヌのことを知っていたんですね」

「ああ。…黙っていてすまなかった」

潔《いさぎよ》く頭を下げる北浦に、日秋は首を振る。

「北浦さんは悪くありません。警察官でもなかった僕に機密を漏らせるわけがありませんし……それに、父の……Ｃｈａｉｎのこともあったからでしょう？」

「日秋……」

「あれからイヌを使っての捜査を体験させられました。五課の指針や義務についても聞きました。課長の言葉は正しいのかもしれませんが…僕は、どうしても納得出来ないんです。あんな非人道的な捜査が、よりにもよって警視庁でまかり通ってしまうなんて…」

そしてその非人道的な捜査を可能にしたのが父の『遺作』、Ｃｈａｉｎなのだ。父がＣｈａｉｎを遺さなければ、スレイブたちは捜査の道具として酷使されることも、その末に処分されることも無かった。

「お前が五課に配属されると聞かされた時、俺は反対したんだ。俊克と同じ優しい心を持ったお前に、イヌの…いや、俊克を殺した男のマスターなんて務まるわけがない」

「…でも、総監が…」

「そうだ。総監にまで出て来られては、もう手の打ちようが無い。…だが、あの約束だけは必ず守る。忘れるなよ」

約束とはどうしても耐えられない時、北浦に言えばどんな手を使ってでも助けてくれると言ったあの言葉だろう。

「お気持ちはありがたいですが、僕は」

「頼るつもりは無い、なんて水臭いことは言うなよ？　俊克が死んだ時、俺はあいつの代わりにお前を立派な大人にすると誓ったんだ。…本当は、俺の手元に置いて育ててやりたかったんだがな」

溜息をついた時、北浦の腕の端末が鳴った。部下からの通信のようだ。短く会話を切り上げ、北浦は慌ただしく立ち上がる。

「すまん、時間切れだ。何かあったら…いや、無くても定期的に連絡は寄越せよ。かみさんも寂しがるからな。あと弁当は残さず食えよ」

「はい、北浦さん」

いい子だ、と北浦は日秋の頭を大きな掌でかき混ぜ、エレベーターに乗り込んでいった。公安の課長ともなれば普通はデスクワークに追われるはずだが、北浦のことだから今も現場で陣頭指揮を執っているのだろう。

……五課だって北浦さんが課長だったら、あんな惨《むご》い捜査なんて……。

日秋はもそもそとお握りを食べ終えると、ナプキンを綺麗にたたんだ。さて、これからどうしようか。

佐瀬からは早く帰宅し、引っ越しの準備を始めるよう言われた。機密保持のため、五課の人間は警視庁の用意した寮に住まうことを義務付けられているのだそうだ。日秋も例外ではなく、入居したばかりのアパートを引き払わなければならなくなった。

すでにライフラインは開通しており、最低限の家具も揃っているそうだから身一つで引っ越すことも出来るが、どうしても持って行かなければならないものもある。早く帰るべきだとわかっているのに、青灰色の瞳が頭から離れない。

「……アグレッサー……」

ファミリーレストランに突入したあの時、アグレッサーは命じられもしないのに犯人とスレイブたちを昏倒《こんとう》させ、人質の命を救った。Ｃｈａｉｎのコードは警視総監室で一読しただけだが、マスターが命令しない限り、スレイブは他者に危害を加える行動を取れないはずなのだ。

父に限ってバグはありえない。ならばシステムエラーか。だが日秋が『やめろ』と叫んだ瞬間、スレイブたちはいっせいに動きを止めた。スレイブは専用のマスターデバイスを所有するマスターにのみ従う、というシステムの大前提がくつがえされたのだ。

…セキュリティ上、マスターが行動不能に陥った場合に備え、実際の命令系統は複数あ

ると考えるのが妥当《だとう》だ。マスターより上位の人間、おそらく佐瀬あたりが管理者権限でログインすれば、配下のスレイブたちにも命令を下せるようになっているだろう。

だが佐瀬があのタイミングでスレイブたちに命令するのは不可能だし、第一その理由が無い。だったらやはりエラーか？　それとも……。

「ああ、……もう！」

日秋はがしがしと髪を掻き、エレベーターに乗り込んだ。操作パネルにマスターデバイスをかざし、新たに表示された地下十階のボタンをタッチする。何が起きたのかわからないのなら、本人に聞けばいいのだ。断じてあの男が今どうしているのか気になるから行くわけではない。

エレベーターのドアが開いた先には分厚い金属製の扉があり、日秋が近付くだけで自動的に開いた。白く無機質な廊下を少し進むと、再び同じ仕組みの扉が現れる。

……厳重だな。まあ、この奥に居るのは生きた機密情報なんだから当たり前か。

二つ目の扉をくぐると、二十メートルはありそうな長い廊下が現れた。丸窓の嵌められたドアが左右に等間隔で並んでいる。手近なドアにマスターデバイスをかざしてみたが、反応しなかった。スレイブたちの個室なのだろう。それぞれのマスターしか開けられないよう設定されているのだ。丸窓も、解錠された時のみ室内が見える仕組みらしい。

懲罰房らしき部屋はすぐに見付かった。一番奥に一つだけ、丸窓の無い部屋があったの

だ。ここだけ電子ロックの構造も違うし、セキュリティパネルの横には赤いランプが点灯していた。使用中、ということだろう。

ドアは日秋のマスターデバイスに反応し、しゅっとスライドしながら開いた。

五課で間取り図を見た限り、個室が曲がりなりにも人間の部屋らしかったのとは対照的に、こちらは文字通りの檻だ。天井は日秋がかろうじて屈まずに立っていられるくらいの高さしか無く、幅は両手を広げれば指先が壁に届いてしまう狭さ。あるのは簡易トイレのみだ。刑務所の独房の方が、よほど恵まれた環境だろう。

「……！」

長い手足を伸ばすことも出来ずにうずくまっていたアグレッサーは、日秋の足音を聞き付けるやがばりと起き上がった。ごん、ごんっと天井にあちこち頭をぶつけるのもお構い無しで駆け寄ってくる。

——嬉しい、嬉しい。来てくれた、来てくれた！

「……お前は……、どうして僕のスレイブなんかになったんだ」

歓喜に輝く青灰色の双眸に見詰められると胸が疼き、頭の中にあったのとは違う問いをぶつけてしまう。アグレッサーはきょとんとしたまま答えなかった。そう言えば警視総監室で再会した時から、喋るところを見ていない。ひょっとして、パニッシュメントを投与されると会話が出来なくなってしまうのだろうか。

するとアグレッサーがとんとんと銀色の首輪をつついた。

「マスターの命令が無ければ、喋ることも許されないのか？」

ぴんときて尋ねると、アグレッサーは何度も頷いた。喋ることすら制限されるなんて、糞《くそ》みたいなシステムだ。…そのシステムを作り出したのが、日秋の父なのだ。

「…わかった。喋っていいから、こた」

「——あ、……あああっ！　日秋！　日秋、日秋、日秋っ！」

答えろと言い終える前に、アグレッサーは歓喜を爆発させた。壁をびりびりと振動させるほどの雄叫《おたけ》びにびくついているうちに、今まで抑え込まれていた分を取り戻すかのような勢いで言葉を並べ立てていく。

「日秋、俺はアグレッサーじゃなく海市烈《かいしれつ》って名前だ。あんたには烈って呼んで欲しい。あんたに一番最初に呼んで欲しかったから、あの陰険眼鏡野郎には絶対教えなかったんだぜ。俺ってすごいだろ？　すごいよな？　我慢は大嫌いだけど、あんたのためならどんなことだって我慢してみせる」

「…お、おい、アグレッサー…」

「だからアグレッサーじゃなくて、烈だって！　烈って呼んでくれよ。さあ呼んで、ほら呼んで、今呼んで！」

さあさあさあさあ、とアグレッサー——もとい烈は祭の掛け声のようにせがんでくる。

ぎらつく双眸の迫力に、日秋は耐え切れなかった。

「……、……烈？」

「おっしゃあああああああああああ！」

烈は両の拳を突き上げ、さっきよりもいっそう大きな雄叫びをとどろかせた。容赦の無い音の暴力に、鼓膜がきいんと悲鳴を上げる。

「なあ日秋、俺のために来てくれたんだろ？　俺が心配で来てくれたんだよな？　さすが俺のマスターだ。俺のマスターは美人で優しい。俺の、俺だけのマスター…」

青灰色の瞳が甘く蕩《とろ》けていく。使役されるうちに、この瞳もまた他のスレイブたちのように光を失ってしまうのだろうか。

「俺がここにぶち込まれちまった後、あの陰険眼鏡野郎に何かされなかったか？　あいつ、すごく嫌な臭いをぷんぷんまき散らしていやがる。死体が腐ったみたいな臭いだ。あんたには絶対近付いて欲しくない」

「陰険、眼鏡野郎…」

間違い無く佐瀬だ。見下しているスレイブにそんな呼び方をされていると知ったら、どんな顔をするだろうか。思わず笑ってしまいそうになり、日秋は咳払いをする。

「…まだ、さっきの質問に答えていないぞ。どうして僕のスレイブになろうなんて思ったんだ？　死刑を回避するためか？」

「ん？　そんなの決まってるだろ。あんたを守ってやりたいからだよ」

あっけらかんと答えられ、つかの間、日秋は言葉を忘れた。…日秋を守るだって？　父を殺した男が？

怒りで頭が真っ赤に染まりかけた時、マスターデバイスが目に入った。スレイブを…烈を縛る鎖。

とたんに怒りはすうっと治まり、代わりに浮かんできたのは罪悪感だった。今はこうして自我を保っている烈の心身をずたずたにむしばみ、いずれ死なせるのは父の遺したＣｈａｉｎであり…日秋なのだ。

「……っ…」

頬にかさついた指先が触れ、日秋はいつの間にかうつむいていた顔を上げた。まぶしいものを見るように青灰色の双眸を細め、烈が愛おしそうに微笑んでいる。

「…あんたが、傷付いているように見えたから」

「っ…、違う。僕は…」

「あんたは優しいから、スレイブを生み出したのは自分の父親だって…いつか自分も俺を死なせるんだって思ってるんだろ」

ずばりと言い当てられてしまった。まさかパニッシュメントには、マスターの心情を読み取る機能でも付与されているのか。

焦る日秋に、烈はくっくっと笑った。各国の捜査機関を恐怖と混乱の渦に叩き込んだ侵略者《アグレッサー》とは思えない子どものような笑顔に、胸がざわめく。

「言っとくけど、パニッシュメントであんたの心を読んだってわけじゃないぜ」

「だけど、今…」

「あんたはわかりやすい。何でもこの綺麗な顔に出ちまうからな」

すっと顎まで撫で下ろされ、日秋はようやく気付いた。さっき乱暴に掻きむしったせいで、乱れた前髪から素顔が覗いていることに。

反射的にはねのける前に、烈は自ら手を引っ込める。

「悲しむことなんて無いんだ。俺はあんたのイヌになれて、心の底から嬉しいんだから」

「…お前…」

「ああ、もちろんパニッシュメントの影響じゃないぜ。…あんたは優しい。優しいあんたが俺は好きだ。あんただから守りたいって、ずっと、……ずっと願ってたんだ」

マスターなら、全てお前の妄想だと否定すべきだった。勝手なことばかり言うなと突き放すべきだった。

……お前は父さんを殺したはずだろう？　なのにどうして、守るなんて……。

けれど日秋の口も手も動いてくれず、烈はそんな日秋にいつまでも熱っぽい眼差しを注いでいた。

結局、日秋はろくに質問も出来ないまま帰宅した。懲罰房の壁に埋め込まれた監視カメラの存在に気付いたからだ。

反抗的なスレイブを二十四時間監視するのは、当然と言えば当然だ。だが父の死について烈に…否、アグレッサーに問いただすのならば、どうしても言及せざるを得ないことがある。そしてそれは、警視庁の上層部には決して聞かれてはならないことだ。

着替えも早々に、日秋はパソコンを起動させた。仮想通貨の取引で稼いだ金を惜しみ無く注ぎ込み、最高のスペックを追及して自作したマシンだ。

モニターの前で野暮ったい前髪を上げ、深呼吸するのは心を切り替えるための儀式のようなものだ。父の死後、初めてこの儀式を行ってから今日で何度目になるのか、もう覚えてはいない。

愛用のヘッドセットを装着し、慣れた手付きでコマンドを打ち込む。すると意識がじょじょにブラックアウトしてゆき――断崖絶壁から身を投げたような落下感の後、そっと目を開ける。

そこはまだ馴染めていないアパートではなく、漆黒の壁に囲まれたトンネルだった。神話の大蛇のようにぐにょぐにょとどこまでも無軌道にうねり、あちこちで分岐している。

ここは現実ではない。ヘッドセットを使い、日秋の脳と警視庁が管理するデータベースサーバーを接続したのだ。目の前に広がるトンネルは脳が日秋のイメージに従って描き出した仮想空間に過ぎない。日秋以外の人間が接続すれば違う光景が見えることだろう。

もっとも、そんな物好きはほとんど居ないはずだ。脳と目的のサーバーを直接つなげる『ダイブ』は、通常よりもはるかに細かい操作や正確な情報の集取が可能になる一方、致命的なリスクがある。サーバー側のセキュリティに阻まれた場合、脳に甚大なダメージを受けてしまうのだ。

特に警察組織のセキュリティはザル同然の行政組織のそれとは比べ物にならないほど厳しく、警視庁のサーバーにはハッカー対策のスイーパープログラムが常駐している。捕まればたちまち個人情報を丸裸にされ、脳神経を焼かれて最悪死ぬだろう。

だが日秋は昔から好んでダイブしていた。一度ダイブの便利さを味わってしまったら、まだるっこしいキーボード操作になど戻れない。

最初はセキュリティの甘い民間企業を狙い、少しずつ腕を磨いていくうちに、珍しいダイブの遣い手『イレブン』はハッカー界隈でも有名になっていった。『イレブン』は名字の霜月、つまり十一月から適当に付けたハンドルだが、何か深い由来があるのではないかとたびたび話題にされている。

皆、想像もしないだろう。怖いもの知らずの『イレブン』の正体が警察官の息子で、父が

死んだ理由を探るために危険なデータベースサーバーにダイブし続けているなんて。

エンジニアだった父があの日に限って現場に向かわされた理由。父を殺したアグレッサーの正体。北浦に尋ねられないのなら、自分で確かめるしかなかった。どちらの情報も、警視庁のデータベースには必ず存在するはずだ。

だがダイブし始めたばかりの頃――まだ中学生だった日秋でもどうにか潜れた下層サーバーに、求める情報は無かった。あるとすれば強力なプロテクトがかけられ、幾重にもスイーパーに守られた上位サーバーだ。

北浦には内緒で挑戦し続けるうちに、データベースサーバーの構造がわかってきた。サーバーは五階層に分かれている。そのうち下層に当たる第五から第三サーバーまでは、痕跡を残さず直接ダイブ出来るようになった。

日秋が今侵入しているのは第三サーバーだ。並のハッカーならかするだけでも燃やし尽くされるファイアウォールを難無く潜り抜け、頭の中にマッピングしておいた通りのルートを巡っていく。

「……やっぱり無い、か」

ぐるりと一周して出発地点に戻り、日秋は息を吐く。今回の目当てはスレイブに関する情報だが、第三サーバーのどこにも無かった。第四や第五にあるとは思えないから、きっと未探索の第二、あるいは第一サーバーだ。

まだ踏み込めていない第二サーバーに続く階段は闇に閉ざされ、おどろおどろしい空気が漂っている。もちろん本当に闇に閉ざされているのではなく、日秋の脳がそのように映像化しているだけだが。

……どうする？　侵入してみるか？

警察学校の寮にはさすがにマシンもヘッドセットも持ち込めなかったから、ここしばらく探索は進んでいない。昼間佐瀬に見せられたＣｈａｉｎのプログラムコード。あれがもしも第二サーバーにあれば、父の『遺産』をじっくり見極めることが出来る。

少し迷い、日秋は階段に背を向けた。突破出来ないとは思わないが、ダイブをするだけでも脳には大きな負担がかかる。ただでさえ今日はアクシデントの連続で疲れているのだ。スイーパーに手こずれば、しばらく昏睡してしまうかもしれない。

日秋が出勤してこなければ、北浦はきっとアパートに様子を見に来るだろう。このマシンとヘッドセットを目撃されたら、日秋が何をしていたのかがばれてしまう。

現実に戻ろうとして、日秋はふと足を止めた。トンネルの黒い壁に、鋭い爪で引っ掻いたような傷跡が刻み込まれている。日秋はこんなものを刻んだ覚えなど無い。ということはここ数日中、日秋以外の誰かがこの第三サーバーに侵入したということだ。

アクセスログを解析し、日秋は思わず眉を寄せる。巧妙に偽装されてはいるが、このＩＰアドレスには見覚えがあった。データベースサーバーに挑み始めた頃、何度か見かけた

ハッカーのものだ。

「生きていたのか…」

　ここ数年は見かけなかったので、ハッカーを辞めたか、最悪スイーパーに捕まって死んだのかと思っていた。ほんの少しだけ心が温かくなったのは、下手を打てば即死の難関に挑む物好き同士という仲間意識をいつの間にか抱いていたせいかもしれない。

　ログアウトして現実に戻ると、どっと身体が重くなった。第二サーバー攻略を諦めたのは正解だ。ヘッドセットを外し、チェアにもたれたとたん強烈な眠気が襲ってくる。

『…どう…、…して…』

　もはや馴染んだ呪いの声が耳の奥に響く。このまま眠ってしまえば昨日よりも酷い悪夢にうなされることはわかっていたが、睡魔にはあらがえず、日秋はまぶたを閉じた。


　翌朝。

　げっそりとした顔をいつものように長い前髪で隠し、五課に出勤すると、烈を懲罰房から出して来るように命じられた。

「うちは慢性的な人手不足でね。研修は済んだのだから、さっそく働いてもらうよ」

　佐瀬にそう言われた時には背筋が寒くなったが、最初は杉岡が担当する事件のフォロー

だと聞いて安心した。女性が一人で担当する事件なら、昨日の立てこもり事件ほど凶悪性は高くないだろう。刑事は普通二人一組での捜査を義務付けられているが、五課は例外のようだ。勝野も別所もそれぞれ別々の事件を抱えているという。

「は、……日秋！」

懲罰房のドアを開けるや、喜色満面だった烈の顔は一瞬で悲嘆に染め上げられた。わなわなと両手を震わせていたかと思えば、すさまじい力で日秋を横向きに抱え上げる。

「アグ、……烈!?　何を…」

「そんな酷い顔してるのに、仕事なんてさせられるわけねえだろ。早く帰って休まないと」

日秋の体重など重石《おもし》にもならないのか、烈は長い廊下をずんずんと進んでいく。筋肉の盛り上がった長い腕は、日秋が暴れてもびくともしない。

「…と、…止まれ、……止まれ！」

叫んだとたん、烈はぴたりと立ち止まった。いや、立ち止まらされたのだと気付いたのは、昨日から嵌めたままのマスターデバイスがほのかに熱を帯びたせいだ。

「……下ろせ」

重ねて命じると、烈は素直に従った。ただし凶悪な顔は悪鬼のごとくゆがんでおり、烈自身の意志ではないと物語っている。

……これがパニッシュメントの効果か。

意識して使ったのは、そう言えばこれが初めてだ。

あのコードから察するに、日秋の音声をマスターデバイスがコマンドに変換し、サーバーに登録されたＩＤと照合してからパニッシュメントに送信するというシステムなのだろうが、命令から行動までほとんどタイムラグが無い。どれだけ高性能なサーバーを使っているのだろう。

「…くそ、妙な感覚だぜ」

烈が苦虫を噛み潰したような顔で拳を開いては閉じている。

「その、…パニッシュメントに身体を制御されるってどんな感じなんだ？」

「うん？　そうだな、両手足を見えないロープで縛られて、操り人形みたいにぐいぐい引っ張られてる感じだな。そんで嘘みたいに力が出る」

おそらくパニッシュメントは脳の代わりに電気信号を発信し、スレイブの身体を強制的に動かしているのだろう。人間は全力を出さないよう、普段は脳が無意識に制限をかけている。毎度百パーセントの力を出していたら、筋肉や神経に大きな負荷がかかり、身体を壊してしまうためだ。

しかしパニッシュメントはスレイブの身体に配慮などせず、常に全力を出すよう指示する。いつでも火事場の馬鹿力を発揮させているようなものだ。だからスレイブは並外れた身体能力を誇るのだが、身体への負荷は蓄積され続ける。そして最後には心も限界を迎え、

「言ったろ？　俺はあんたのイヌになれて、心の底から嬉しいんだって」

　烈は長身をかがめ、日秋と視線を合わせた。小さな子どもなら泣き出しそうな面相なのに、青灰色の双眸を細めて笑うと雲間から覗いた太陽に照らされたような気分になる。

「だからあんたは何にも考えずに命令すりゃあいい。あんたが俺以外のイヌを傍に置こうとさえしなければ、俺はいい子でいられるだろうからな」

「お前……」

　どうしてそこまで日秋に入れ込むのか。日秋が忘れているだけで、ひょっとして過去に関わったことがあるのだろうか。『イレブン』の正体は未だ誰にも掴まれていないはずだし、警察官の身内である日秋と生粋《きっすい》の犯罪者だった烈には何の接点も無い。…たった一つ、父の死を除いては。

　そもそもこの男は、かつて自分の起こした爆発事件で日秋の父親を死なせたという認識があるのだろうか。日秋が烈の立場なら、自分が殺した人間の身内に平然と対峙することなど出来ない。

　新たな疑問が生まれたが、監視カメラのあるここでぶつけるわけにはいかない。日秋は隙あらば自分を抱え上げようとする烈に『僕の許し無く触れるな』と命じ、五課のオフィスに引き返す。

「おはようございます、霜月さん」

佐瀬の姿は無かったが、杉岡が待っていてくれた。琥珀色の瞳のスレイブも一緒だ。相変わらずアイドルにでもなれそうな美形の青年は戸惑ったように視線をさまよわせたが、すぐにいつもの無表情に戻る。

日秋は烈を背後に控えさせ、頭を下げた。

「おはようございます。ご迷惑をかけるかと思いますが、今日はよろしくお願いします」

「迷惑だなんてとんでもない。霜月さんがフォローに入って下さって、本当にラッキーだと思ってるんですよ。…ねえ？　アンバー」

杉岡に笑みを向けられ、スレイブの青年は黙礼した。優雅ささえ感じられる仕草は、スレイブというよりは執事のようだ。

「まだ紹介していませんでしたね。これはアンバー、私のスレイブです。霜月さんのアグレッサーには及びませんが、これでなかなか使い勝手がいいんですよ」

「そうなんですね。…ところで、杉岡さんが担当されている事件とはどのような？」

スレイブを道具扱いするのには未だに慣れない。強引に話題を変えると、杉岡は日秋の端末に事件ファイルのデータを送ってくれた。

ファイルによれば、一か月ほど前、H市郊外の空き家で二十代女性の全裸死体が発見された。解剖《かいぼう》の結果、死因は窒息死。首には紐《ひも》で絞められた痕《あと》が残され、性的暴行を受けた

痕跡があったが、犯人の体液などは見付からなかった。捜査一課は被害者が性交後に絞殺されたものと判断し、捜査を開始する。

端末類は全て取り外されていたが、体内の医療用ナノマシンから被害者の身元はすぐに判明した。都内の私立大学の三年生だ。死体となって発見される一週間ほど前に連絡が取れなくなり、心配した家族が捜索願を出していた。

友人たちへの聞き込みによれば、被害者は真面目《まじめ》な学生で、素行に問題は無かったらしい。交際相手も居なかったそうだ。だが友人の一人が気になる証言をした。被害者は学内のイベントサークルにしつこく勧誘され、困っていたのだという。

サークルの主宰者は同じ三年生の伊沢《いざわ》という男子学生だ。取り巻きたちを侍《はべ》らせ、気に入らない学生を虐《いじ》めの標的にして自殺に追い込んだとか、女子学生をパーティーに呼び出して輪姦したとか、違法ナノマシンに手を出しているとか、とにかく黒い噂の絶えないサークルだった。それでも大手企業の役員を務める伊沢の父親が多額の寄付をしていたおかげで大学に黙認され、なかなかの人気を誇っていたようだ。

だから被害者は伊沢をなるべく避けていたそうなのだが、発見の一週間前、突然失踪した。大学を出るところを同級生が目撃していたため、帰宅途中で何者かに連れ去られたのだろう。その後強姦され、殺害された後に空き家へ捨てられたのだ。

捜査線上には当然、真っ先に伊沢が浮かんだ。だが死亡推定時刻の伊沢のアリバイは取

り巻き数人が証言しており、物的証拠も無い。

歯噛みする捜査官を嘲笑うかのように、第二の事件が起きた。M市の公園でまたもや女性の全裸死体が発見されたのだ。こちらは伊沢とは別の大学の学生だったが、伊沢のサークルに所属していた。最初の被害者と同じく強姦された後に絞殺されており、犯人の体液は残されていない。

事件はそれだけでは終わらなかった。その十日後、K市のゴミ捨て場。さらに四日後、F市の路上で同じく女性の遺体が発見された。こちらの二人は伊沢のサークルとは関係無かったが、強姦後に絞殺という手口は同じだ。

一課は伊沢が一連の犯行に関わっていると断定し、事情聴取に踏み切ることにした。最後のF市の事件で、伊沢は致命的なミスを犯したのだ。路上に設置されていた監視カメラが、被害者の遺体を遺棄《いき》する取り巻きと伊沢の姿を捉えていた。

だが伊沢も己のミスを悟ったのか、警察官が踏み込む直前に姿を消した。一課が行方《ゆくえ》を追ったところ、S区の繁華街で目撃情報が相次いだものの、未だ身柄の確保には至っていない――というのが捜査状況のあらましだ。

「そこで佐瀬課長は事件への介入を決定し、私に担当を命じられたのですが…理由はわかりますか？」

日秋がファイルを読み終えると、杉岡はさっそく問いかけてきた。

単純に考えれば被害者の数だろう。わずか一か月の間に四人も殺されているのだ。伊沢は殺人に対し、何の躊躇も抱いていない。それどころか快楽殺人者の可能性すらある。このまま放置すれば、被害者が増え続けるのは確実だ。五課が介入するにはじゅうぶんな理由になり得るはずだが……。

「……伊沢が違法ナノマシンの常習者だから、ですか？」

「その通りです。一課の捜査により、伊沢は大学内で違法ナノマシンを秘密裏に売買し、自身も投与していることが判明しました」

かつて違法薬物といえば覚せい剤や大麻、コカインといった薬物が主流だったが、ここ四半世紀の間に違法ナノマシンに切り替わりつつある。接種すれば違法薬物と同じく人間の中枢《ちゅうすう》神経を興奮、あるいは麻痺《まひ》させ、薬物と同等……いや、それ以上の快楽をもたらすのだ。当然、各種薬物と同じく違法であり、麻薬取締官の捜査対象にもなっている。

だが従来の薬物捜査では摘発が困難なことや、巨額の利益に目がくらんだ犯罪組織が次々と参入したことにより、急速に市場を席巻してしまった。今やごく普通の大学生がキャンパス内で違法ナノマシンを密売し、逮捕されるのが珍しくない時代なのだ。

「伊沢が売りさばいているのは、いわゆるM系のナノマシンです。購入したサークルメンバーから押収し、確認済みです」

「M系と言うと……セックスドラッグですね」

日秋は警察学校で習った知識を掘り起こす。一世紀くらい前、セックスの際に飲むとすさまじい快楽を得られるＭＤＭＡという合成麻薬が人気を博していた。すっかり廃《すた》れてしまった今でも、性的興奮を高めるナノマシンはＭ系と呼ばれるのだ。

「そうです。一連の犯行は伊沢の体内のナノマシンが暴走し、精神をむしばんだのが原因だろうと思われます。この情報を厚労省に嗅ぎ付けられれば少々厄介《やっかい》なことになるため、課長は介入を決められました」

覚せい剤や大麻などの違法薬物に関しては警察の他、厚生労働省の麻薬取締官にも捜査及び逮捕権限が認められている。警察とは協力して捜査に当たるのが建前だが、検挙数を巡り対立関係にあるのが現状だ。

そして違法ナノマシンが法律の定める『薬物』に当たるかどうかは、未だ明確な判断が示されていない。いずれ法整備が進むだろうが、今のところは薬物と同様に捜査権限を主張する厚労省と、断じて認めたくない警察との間で激しく対立している――と杉岡は説明してくれた。

つまりこの伊沢の事件には、警察の面子《めんつ》もかかっているということだ。長引けば長引くほど厚労省に付け入られる隙が生じてしまう。スレイブを導入し、一日でも早く伊沢の身柄を押さえてしまいたいのだろう。

「……おい、待てよ」

納得した日秋の背後で、烈が低く唸った。杉岡は怯えもせずに首を傾げる。

「あら、何かしら」

「それだけじゃねえだろ。あの陰険眼鏡野郎が首を突っ込むことにした理由は」

「…えっ？」

いったいどういうことだ。日秋が振り返ると、烈は青灰色の双眸を不穏にぎらつかせていた。まるで仕留めるべき獲物を前にした獣のように。

「…霜月さん、駄目ですよ。スレイブに自由な発言なんて許しては。こいつらは機会さえあればいい加減なことを言ってマスターを惑わせる、クズなんですから」

「このクソアマ……」

烈がぶわりと殺気を発散させる。

杉岡は『おお怖い』とわざとらしく震え上がり、無表情のままのアンバーを一瞥《いちべつ》した。するとアンバーは杉岡を背に庇い、隙無く身構える。

「杉岡さん？　これは…」

「スレイブはマスターの身を守るものです。このままアグレッサーが私を不当に恫喝するのなら、アンバーはアグレッサーを敵と判断して襲いかかるでしょう」

そうは言っても、アンバーと烈とでは体格が違いすぎる。パニッシュメントを投与される前でさえ機動隊を翻弄した烈に対し、アンバーでは勝ち目が無いだろうに。

「……やめろ、烈。僕がいいと言うまで喋るな」

少し迷い、日秋は命じる。佐瀬が事件介入を決断したもう一つの理由とやらも気には
なったが、アンバーと烈を戦わせたくはなかった。烈がぐっと口を閉ざしながら下がると、
杉岡は丸い目をきらきらと輝かせる。

「アグレッサーのこと、烈って呼んでるんですね。本名ですか？　それとも…」

「…す、杉岡さん。時間はいいんですか？」

烈がまたぶわりと殺気をまき散らしそうになったので、日秋は慌てて話を打ち切った。

杉岡は気分を害した様子も無く頷く。

「ああ、そうでしたね。それじゃあそろそろ出ましょうか」

ちらりと覗いた舌が、獲物を見付けた猫のように唇を舐め上げた。

てっきりスレイブたちにS区の繁華街を捜索させるのかと思ったら、連れて行かれたの
は繁華街の片隅にある雑居ビルだった。地上フロアには一般企業が入居しているが、地下
は海外の犯罪組織が取り仕切る秘密クラブだという。伊沢は今、そのクラブを根城《ねじろ》にして
いるらしい。
「伊沢は組織の幹部に大量の違法ナノマシンと顧客名簿を差し出し、庇護《ひご》を願い出たので

しょう。どこの組織も販路の拡大には血眼《ちまなこ》になっていますからね。おかげで今や、伊沢はクラブのオーナーも同然の扱いを受けているようです」

ビルの前にあるコンビニのイートインに入り、杉岡が説明してくれる。アンバーと烈は外で待機だ。アンバーはともかく、烈が傍に居たら目立って仕方が無い。ただし烈は納得いかないらしく、目の前のガラスに張り付いてこちらを見詰めているが。

「そこまで内偵が済んでいるのなら、確実に居る時間帯を狙って突入すればいいのでは？」

「秘密クラブは秘密クラブで組対五課の捜査対象なんですよ。いくら何でも、クラブに居合わせた全員を『事故死』させるわけにはいかないですし。…だから、どうにかして伊沢だけを誘い出さなきゃならないんです」

カフェオレを啜っていた杉岡の視線がガラスの外に動く。つられて追いかけると、長身の青年がクラブに通じる階段へ下りていくところが見えた。あれは…アンバーだ。ラフなポロシャツとチノパンに着替えていたから、すぐにはわからなかった。

「そのまま進んで、伊沢と接触しなさい」

杉岡がマスターデバイス越しに命じる。数キロ程度なら、離れていても問題無くコマンドが通るのだ。

「伊沢と接触、って…アンバーに伊沢を拉致《らち》させるつもりですか？　いくらスレ、…イヌでも難しいのでは？」

　クラブの開店は夜だが、伊沢以外にも組織の人間が何人も常駐しているはずだ。彼ら全員の目を盗み、伊沢を昏倒させて連れ出すのは不可能に近いだろう。

　杉岡が答えるより早く、アンバーが地上に上がってきた。若い男と一緒だ。ずいぶん痩せているが、あれは伊沢だろう。さっきのファイルに顔写真があった。

「命令通りに」

　杉岡が再び命じると、アンバーはちらりとこちらを見て頷いた。伊沢はまるで気付いていないようだ。アンバーの腰に腕を回し、やつれた顔をいやらしくゆがませている。

　二人はコンビニの前の道路を横切り、繁華街へ消えていった。人目もはばからないいちゃつきぶりは、とても今日初めて会った者同士とは思えない。

「少し経ったら私たちも追いかけましょう」

「杉岡さん…、アンバーと伊沢は…」

「伊沢は好みのタイプなら、男でも女でもお構い無しのようです。アンバーに客を装って誘惑させたら、すごい勢いで喰い付いてきましたからね」

　アンバーは毎晩クラブを訪れ、伊沢を誘惑し続けたが、最後の一線だけは超えさせなかった。そして今日、焦らしに焦らされた伊沢はアンバーにねだられるがまま、とうとう安全なクラブから出てしまった。

　これからアンバーは杉岡の命令通り、伊沢と近くのラブホテルに入る。その後性交に及

べば、脳細胞まで違法ナノマシンに侵された伊沢は間違い無く過去と同じ行為に及び――アンバーを殺そうとするはずだ。

「霜月さんには私と一緒に踏み込んで、アグレッサーに伊沢を始末させて欲しいんです。…出来ますよね？」

ランチにでも誘うような口調の杉岡が、人間の姿をしたモンスターに見えた。容疑者を簡単に殺させようとすることにも吐き気を覚えるが、そんな真似をすれば、アンバーは。

「…アンバーは、伊沢に絞め殺されるかもしれませんよ」

「それが何か？」

こてん、と杉岡は首を傾げ、カフェオレを啜った。

「イヌの替えなんていくらでも利きますよ。そろそろあの顔にも飽きてきた頃だし、ちょうど良かったです」

「なっ……」

「それに、これは被害者のためでもあるんですよ？」

――それだけじゃねえだろ。あの陰険眼鏡野郎が首を突っ込むことにした理由は。

烈の言葉が頭をよぎった。佐瀬が事件への介入を決めた、もう一つの理由。

「伊沢を、……始末することがですか」

ご名答、とばかりに杉岡は微笑んだ。

「罪悪感を覚える必要なんてありませんよ。伊沢を始末すれば、これから先伊沢に殺されるだろう数多の人々を救うことになるんですから」

「…ですが、容疑者にも裁判を受ける権利はあります。五人も殺害すれば、まず間違い無く死刑でしょう。わざわざ私たちが手を下さなくても…」

「伊沢が起訴されれば、彼の父親が雇った弁護士は必ず違法ナノマシンによる心神喪失状態だったとして無罪を主張してきますよ。無罪にならなかったとしても、減刑されてしまったら、刑期を終えた伊沢は再び世に放たれることになる。…そうしたら伊沢は何をすると思いますか?」

考えるまでもない。…再び同じ犯行に及ぶだろう。違法ナノマシンによって破壊された脳は、いかなる治療をもってしても治らないのだから。だが逮捕と同時に殺しておけば、そんな心配はなくなる。

「何も難しく考えなくていいじゃないですか」

杉岡は席を立ち、空の紙コップをゴミ箱に入れた。日秋を見下ろし、にっこりと笑う。

「私たちはイヌを使って悪い奴らをぶちのめす。悪い奴らは滅びて、被害者は喜ぶ。困る人は誰も居ない。みんな嬉しい。…そうでしょう?」

そんなわけがない、とは言えなかった。少なくとも伊沢の手にかけられた四人の女性たちは、伊沢が手厚く保護されながら裁判を受けるより、自分たち同様惨たらしく殺される

方が喜ぶだろう。

「さ、行きましょう。アンバーからホテルに到着したと通信が入りました。私たちが到着する頃には、伊沢が大興奮でアンバーの首を絞めてますよ」

杉岡がアンバーと伊沢の入ったホテルの位置と部屋番号を端末に送ってくれる。このコンビニから五百メートルほど離れたラブホテルだ。急げば十分もかからない距離だが、焦らされまくった伊沢は早々にアンバーを押し倒し、首を絞めるだろう。

そして抵抗しないよう命じられているアンバーは逆らわずに殺され、言い逃れようの無い伊沢を烈が殺す。殺された被害者たちの恨みは晴らされ、今後殺されていたかもしれない被害者は救われる。

めでたしめでたし——と締めくくる気には、どうしてもなれなかった。伊沢を憐れんでいるわけではない。あんな男は死んで当然だとすら思う。けれどあの男を裁くために殺されるのも、あの男を殺すのもスレイブなのだ。

……何か、他に何か手段は無いのか？

アンバーを死なせず、烈にも手を下させない。伊沢は生きたまま捕らえるが、報いは受けさせ、二度と罪を犯させないようにする。そんな都合の良すぎる手段なんて、あるわけがない。けれど思い付かなければ、確実にアンバーは死ぬ。

——ごん、ごんっ！

　鈍く大きな音に顔を上げれば、烈がガラスに額をぶつけていた。日秋と目が合うと嬉しそうに笑い、己の手首を指差してみせる。

「……杉岡さん。質問があるのですが」

　自分の端末を一瞥し、日秋は問いかけた。コンビニを出ようとしていた杉岡が、怪訝《けげん》そうに振り返る。

「どうしました？」

「私たちの最終的な目的は伊沢に報いを受けさせること、及び二度と再犯させないことであり、イヌに始末させるのはその手段に過ぎない。…そういう解釈でよろしいですか？」

「ええ、まあその通りですが…霜月さん？」

　よし、と思わず拳を握った日秋を、杉岡が不気味そうに見詰めてくるが構わない。これで誰も死なせなくても任務を達成出来る可能性が生まれたのだから。

「…烈がずいぶんとやる気のようです。先行しても構いませんか？」

「あら……」

　杉岡が視線を向けるのに合わせ、烈はガラスに張り付いたまま何度も頭を打ち付けてみせる。日秋の意図を察しているのだ。

「どうやらそのようですね。…わかりました。今日は貴方《あなた》がたの研修も兼ねていますし、私は後から追いかけます。健闘を祈ります」

「はい。ありがとうございます」

頭を下げるのも早々に、日秋はコンビニを飛び出した。

……とにかく、伊沢がアンバーを絞め殺すより早くホテルに踏み込むんだ。そうすれば何とかなる。……してみせる！

「……、……！」

待ち受けていた烈がぱくぱくと口を動かした。喋ってよしと言ったとたん、横向きに抱え上げられる。

「烈っ…!?」

「あんたはやるべきことをやっとけ。運ぶのは俺がやってやる。…現場はどこだ!?」

反射的に住所を答えると、烈は力強くアスファルトを蹴った。

ぐん、と視界が上がる。

一瞬の浮遊感の後、烈は向かい側の雑居ビルから突き出た看板の縁に着地した。普通の人間では絶対に跳び上がれない高さに恐怖を感じる暇も無い。烈はほんの二十センチ足らずの看板から雨樋《あまどい》や窓枠を次々と飛び移り、瞬く間にビルの屋上に到着する。

「しっかり口を閉じておけ！」

日秋が素直に従うと、烈は再び跳躍した。

前方のビルへ、斜め前のビルを這う配管へ、高層マンションのバルコニーへ。烈が飛び

移るたび耳鳴りのようにすさまじい風の音が響き、身体はがくんがくんと揺れる。ちょっとでも喋ろうとすれば舌を噛んでしまうだろう。

眼下には雑踏。上空を人が跳んでいるなんて思わないのか、誰も日秋たちに気付かない。

……な、んだ、これは……。

びゅんびゅんと流れていく景色にめまいがする。緊張に強張った背中を、冷や汗が伝い落ちていった。

……これもまた、パニッシュメントの力だというのか……？

パニッシュメントはスレイブの身体から強制的にリミッターを外させるが、逆に言えばその身体のポテンシャル以上の動きは出来ないということだ。日秋という荷物を抱えたままビルからビルへ跳躍し続けるなんて、トップアスリートにだって不可能だろう。

侵略者《アグレッサー》。あまりにも有名な二つ名を、日秋は今さらながら噛み締める。そう、烈はただのイヌではないのだ。この身一つで暴力の嵐を巻き起こし、世界じゅうの捜査機関を混乱の渦に叩き込んできた男である。

細長いビルの屋上で、烈が足を止めた。日秋は強張った指先で端末を操作し、現在位置と杉岡から聞いた住所を照らし合わせる。…間違い無い。道路を挟んだ向かい側の古びた建物が、アンバーたちが入ったホテルだ。

「あのなよっちい奴が居るのはあそこだな。階数は？」

「三階だけど…おい、お前まさか…」

「よし、任せとけ」

凶悪に唇を吊り上げるや、烈は日秋を縦向きに抱え直した。顔を烈の分厚い胸板に押し付けられると同時に、ふわりと身体が浮く。続いてごうっと風が唸り…。

――ガッシャアアアアアン！

何かが砕け散るすさまじい音が鼓膜をつんざいた。

どくん、どくん。破裂しそうな勢いで脈打つ心臓と荒い呼吸を無理やり鎮め、日秋は顔を上げる。そこは吹きさらしのビルの屋上ではなく、色あせたカーペットの敷かれた廊下だった。正面の嵌め殺しの窓は割られ、ガラスの破片があちこちに散らばっている。

……信じられない。こいつ、あの屋上から跳んで、ホテルの窓を蹴破ったんだ！

ホロムービーでたまに見かけるアクションだが、あれはもちろんCGか、プロのスタントマンが様々な補助器具を使って撮影しているのだ。だが烈はぶっつけ本番、何の助けも借りず、日秋を抱えたまま成功させてみせた。

道路の幅は五メートルはあっただろう。いったいどんな身体能力をしているのか。

そら恐ろしくなったが、今は怯えている場合ではない。窓を破壊する音は階下にも聞こえたはずだ。のんびりしていたら、ホテルのスタッフが駆け付けてきてしまう。

「怪我は無いか？」

烈がぶるりと身体を震わせながら問いかけてくる。宙に散らばったガラスの破片が陽光を反射してきらめき、烈を彩《いろど》った。面相こそ幼い子どもが泣き出しそうなほど凶悪だが、顔の造りそのものは極上だ。

つかの間見惚《みほ》れそうになり、日秋ははっと目を瞠った。シャツから覗く烈の首筋に細かな傷跡がいくつも刻まれ、血を滲ませている。

「僕よりお前の方が怪我をしてるじゃないか！」

「へ？　…ああ、こんなん傷のうちにも入らねえよ。ほっとけばすぐ治る」

嬉しそうに笑うのは、日秋に心配されたからだろうか。その傷は日秋を守るため、ガラス片の直撃を受けたせいで負ったのだろうに。

ぐっと心臓が締め付けられるような感覚に襲われ、日秋は烈の腕から抜け出した。せっかく現場までかなりショートカット出来たのに、これ以上この男と密着していたら任務が手に付かなくなってしまいそうだ。

烈を先行させ、廊下を進む。杉岡から教えられた部屋はほどなく見付かった。扉に電子ロックが施され、センサーにカードキーをかざせば開く仕組みだ。

ホテルのスタッフに身分を明かし、事情を告げれば解錠してもらえるだろう。だがそんな悠長な真似をしていたら、アンバーは確実に殺されてしまう。

……気休め程度のロックだ。ダイブするまでもないな。

ロックを一瞥し、日秋は烈に命じた。

「周囲を見張っていてくれ。誰か来たら…」

「追い払えばいいんだろ？　あんたの邪魔はさせねえよ」

任せておけ、と烈は胸を叩いた。この男はかなり知能が高い上に機転も利く。状況判断が異常に早いのだ。さっき日秋がアンバーを死なせずに任務を成功させる方法を思い付いたのも、烈のおかげだった。

……って、あれ？　こいつ、どうして僕がハッキングが出来ることを知ってるんだ……？

引っかかりを覚えつつも、日秋は端末を扉のセンサーにかざした。

端末から放たれた緑色の光がセンサーを走り、ピピッと電子音を鳴らす。スキャン完了だ。セキュリティの厳しい一流ホテルでは数十分ごとにキー情報を変更して偽造を防ぐのだが、予想通り、このホテルは開業以来一度も変更していなかった。キー情報の複製は数秒もかからずに終了し、日秋は再び端末をかざす。

――カチッ。

ロックは呆気無く外れた。奥の階段を警戒していた烈が、ひそめた声で告げる。

「今、三人が一階から二階へ上がってきた。たぶんスタッフだ。三階に到着するまで三十秒もかからない」

「…、わかった。行くぞ」

足音で判断しているのだろうが、日秋の耳には自分の心臓がうるさく鳴る音しか聞こえない。大きく息を吸いながら扉を開けようとしたら、烈がするりと割り込んだ。

「…あ…っ……」

烈に続いて室内に入ると、押し殺した声が聞こえてきた。嬌声《きょうせい》——いや、苦悶の呻きだ。狭い部屋の真ん中に置かれたダブルベッドで、興奮に顔をゆがめた男が半裸の男を組み敷き、両手でその首を絞め上げている。伊沢だ。そしてされるがままになっているのは…。

「——アンバー！」

「…っ…、な、何だお前、…はっ…!?」

日秋の叫びに反応したのは伊沢だけではなかった。琥珀色の双眸を見開いたアンバーが、のしかかる伊沢の胸を押し返す。

「う…っ、この……！」

違法ナノマシンに脳細胞まで侵された伊沢は突然の反抗に激怒し、拳を振り上げる。ごほごほとアンバーが咳き込んだ。…良かった、生きている。ほっと胸を撫で下ろしながら、日秋は駆け出した。

「烈っ……」

「任せろ！」

突進する烈は、まるで人の姿をした弾丸だった。まばたき一つの間にベッドに乗り上げ、伊沢の頬に拳を叩き込む。

「ぐは……っ！」

伊沢の痩せた身体は木の葉か何かのように吹き飛ばされ、背中から壁に激突してようやく止まった。ずる、とくずおれたまま動かなくなる。

日秋はそっと近付き、脈を確認した。

「……良し。生きてるな」

安堵の息を吐いた時、部屋の外で『何だこれは⁉』と悲鳴が響いた。スタッフが破壊された窓に気付いたのだ。スタッフならマスターキーを持っている。客の安全を確かめるため、順次部屋に踏み込んでくるだろう。

もう時間の猶予は無い。日秋は深呼吸し、端末からモニターとキーボードを立体化させた。中枢神経に作用するタイプのナノマシンはたいてい首筋に投与される。スキャナーを走らせれば、案の定伊沢の首の付け根にナノマシンの反応があった。

――私たちはイヌを使って悪い奴らをぶちのめす。悪い奴らは滅びて、被害者は喜ぶ。困る人は誰も居ない。みんな嬉しい。…そうでしょう？

キーボードを叩いていると、杉岡の言葉が浮かんでくる。五課に染まりきった彼女は、命を奪うことこそ犯人に対する最大の罰だと信じているのだろう。

でも日秋は知っている。殺される以上の罰がこの世に存在することを。

『どうして…、……助けてくれなかったんだ……。どうして私は、こんなところで……』

毎夜、悪夢にさいなまれ続ける苦痛を知っている。だから。

「…お前にも味わわせてやるよ。とびきりの悪夢をな…」

暴走するナノマシンを乗っ取るのは、第三サーバーへの侵入に比べれば赤子の手をひねるくらいに簡単だった。大変なのはここからだ。ナノマシンを強制的に初期化し、即席で作成したプログラムを仕込んでいく。

やがて小さな電子音と共に、端末に『COMPLETE』と表示された。はあっ、と詰めていた息を吐き出した瞬間、部屋の扉がどんどんと叩かれる。

「お客様、お客様！　非常事態が発生しましたので、開けさせて頂きます！」

「いい、烈。そのまま開けさせろ」

日秋の邪魔をさせまいと扉へ向かいかけた烈に、日秋は首を振った。立体化させたモニターとキーボードを消去する。

「もう、全部終わったから」

うう、と小さく呻く伊沢に向ける冷たい眼差しは警察官ではなく、ハッカー『イレブン』のそれだった。

駆け込んできたスタッフは当然ながら大混乱に陥った。顔面がひしゃげるほど殴られた伊沢が転がり、首を絞められた痕も露わなアンバー、そして凶悪な面相で威嚇《いかく》する烈まで揃えば動揺するなと言う方が無茶である。

不審者扱いされずに済んだのは、日秋が警察官の身分を明かしたおかげだ。どうにか落ち着いてくれたスタッフに、日秋は説明した。ある事件の容疑者…伊沢を尾行していたらこのホテルに入ったので張り込んでいた。そこへ窓が割れる音が聞こえてきたため、非常事態が発生したと判断して無人のフロントから突入した。すると飛び出してきたアンバーに助けを求められた。部屋に入ったとたん伊沢が襲いかかってきたので、身を守るためやむなく烈が殴り飛ばした――と。窓は錯乱した伊沢が割ったことにした。

内側から割られたはずなのにガラス片が廊下に散らばっていることや、どう見ても刑事ではない烈の存在など、不自然な点はいくつもある。

だがスタッフは日秋の説明を信じた。混乱していたせいもあるだろうが、向かい側のビルの屋上から跳躍して窓を蹴破った、という事実の方が無茶苦茶なのだ。おかげで騒ぎになるのは免れたが、遅れてやって来た杉岡には溜息を吐かれた。

「……やってくれましたね」

「申し訳ありません。注意はしていたつもりなんですが、通報を防げませんでした」

頭を下げる日秋と杉岡、そしてアンバーと烈はホテルから五課に戻ってきていた。ホテルは今、警察の現場検証を受けているのだ。ホテルのスタッフが駆け込んできた際、とっさに一一〇番通報をしてしまったせいである。

真っ先に駆け付けてくる所轄警察署の警察官たちは五課の存在など知らない。まさか彼ら全員を『処分』するわけにもいかず、杉岡は日秋たちと共にこそこそと撤収せざるを得なかった。伊沢の身元はすぐに判明し、元々の担当だった捜査一課に引き渡される。

五課を知らない捜査一課は、スタッフの証言に登場する日秋たちの存在を怪しむだろう。だが念願の伊沢の身柄を確保出来た以上、適当なところで捜査を切り上げるはずだ。どうせ日秋たちの身元など、いくら洗っても出て来ないのだから。

「本当に不注意なんですか？　伊沢を殺したくないあまり、わざとスタッフに通報させたのでは？」

「そんなことはありません。私の詰めが甘かったせいです。申し訳ありませんでした」

図星を指されたのはおくびにも出さず、日秋は頭を下げた。ぐるるるる、と背後で烈が獣めいた唸り声を上げる。

「おいテメエ、日秋はわざとじゃないって言ってるだろうが」

「烈、お前は黙ってろ」

日秋に注意され、烈はぴたりと口を閉ざしたが、吊り上がった青灰色の瞳は杉岡を射貫《いぬ》

いたままだ。もう一人のスレイブのアンバーはと言えば、杉岡の脇に無言で控えている。

「重ね重ね申し訳ありません。どんな処分でも受けます」

琥珀色の双眸がちらちらと窺ってくるのに首を傾げながら、日秋はさっきよりも深く頭を下げた。すると杉岡は長い髪を憂鬱そうにかき上げる。

「課長から聞いてないんですか？　一度五課に配属されたら、いかなる懲戒《ちょうかい》対象にもなりません。いちいちお咎《とが》めを喰らってたら五課なんてやってられませんからね」

「…それは、初めて聞きました」

「課長の指示があれば別ですけど、たぶん何もおっしゃらないでしょうし。…あーあ、課長のお気に入りってうらやましいなあ。アグレッサーがそんな天然もののイケメンだって知ってたら、さっさとアンバーなんてぶっ壊しておいたのに…」

横目で睨まれたアンバーが小さく肩を揺らした。不自然なくらい白い頬は心なしか青ざめている。そんなに杉岡が怖いのだろうか。もちろん、自分を文字通り使い捨てにしようとした人間に好意など持てないだろうが…。

「伊沢を生かしたまま捜査一課に渡した意味、わかってるんですか？　もしあいつが死刑にならず世に放たれれば、また被害者が…」

「なあ、聞いたか!?」

杉岡がまだねちねちと言い募ろうとしたところに、別所が駆け込んできた。杉岡の険悪

な態度に耐えかねて一度オフィスを出ていたのだが、どうしたのだろうか。一緒に出て行った勝野はまだ戻っていないのに。

「伊沢の奴、四人の殺害を認めたって！　さっき捜査一課にこっそり行ってみたんだけど、すごい騒ぎになってるんだよ！」

「な、…何ですって？　本当なんですか？」

「本当だよ、杉岡さん。しかも違法ナノマシンの投与や密売関連の情報なんかも、聞かれもしないのにべらべら喋ってるって。父親が慌てて寄越した弁護士も追い返しちまったってさ。そのうち組対五課と合同で大捕り物が始まるんじゃないかな？」

組対五課――組織対策五課は銃器や違法薬物を取り締まる部署だ。伊沢の殺人に加え違法ナノマシンの密売組織を一網打尽《いちもうだじん》に出来れば、その功績は大々的に報道され、警察への信頼はますます高まるだろう。

……時間が無かったから心配だったけど、上手くいったみたいだな。

日秋はほっと息を吐いた。

伊沢が投与した違法ナノマシンは、元々中枢神経に作用する効果がある。日秋はあの時、ナノマシンにインストールされたプログラムコードを抜き取り、快楽ではなく恐怖と罪悪感を刺激するよう書き換えてから再インストールしてやったのだ。

その結果伊沢の脳は常に被害者の記憶ばかりを垂れ流し、もはや快楽にも逃げられなく

なった伊沢はどうにか助かりたい一心で自白に及んだのだろう。裁判でも全面的に罪を認めるはずだから、死刑は免れず、新たな被害者が生まれることも無い。

種明かしをすれば簡単な話だが、警察官の同僚に『イレブン』の手口を明かすわけにはいかない。いったい何をしたんだとあからさまに怪しんでいる杉岡に、さて、どうごまかしたものか。

「――ハッ。あのクソ野郎、さんざん粋がってたくせにとんだビビりだな」

烈が近くのデスクにどさりと腰を下ろし、長い脚を組んだ。底光りする青灰色の瞳からぎらぎらと殺気が発散される。別所と杉岡さえ竦み上がらずにはいられないほどの。

「なあ日秋、あんな弱っちいのはつまんねえよ。ちょっと撫でられただけで勘弁してくれって泣き叫ぶなんてな。どうせならもっと喰い甲斐のある奴を寄越せ」

「…、僕たちはまだ新人なんだ。最初はあんなものだろう」

「ちっ。けち臭えな」

烈はがりがりと頭を掻いた。不思議と目を奪われるしなやかな動きに見惚れていた杉岡が、ぶるりと首を振る。

「…つ…、つまり伊沢は、アグレッサーを怖れるあまり洗いざらい吐いているというんですか？　あの中毒者が？」

「はい、その通りです。私も予想外でしたが……杉岡さん、おっしゃいましたよね？　私

たちの最終的な目的は伊沢に報いを受けさせること、及び二度と再犯させないことであり、イヌに始末させるのはその手段に過ぎない…と」

「それは…、…確かに言いましたが…」

「あの様子なら、一課に引き渡せばじゅうぶんに任務を達成出来るでしょう。敢えて殺す意味は無いと思いますが」

血走った目で睨み付けてくる杉岡には恐怖よりも戸惑いを覚えてしまう。昨日はそれなりに友好的だったのに、どうして今日はやたらと攻撃的なのか。自分の方針に従わなかったことが、そんなに気に食わなかったのだろうか。

「……アンバー。本当にそうなの？」

杉岡が苛々とアンバーに尋ねる。

しまった、と日秋は舌打ちしそうになった。アンバーは日秋が伊沢の違法ナノマシンをハッキングする一部始終を目撃している。マスターの質問に、スレイブが嘘を吐けるわけがないはずなのに。

「……はい、マスター」

アンバーは青ざめたまま、日秋の言葉を肯定した。驚いたのは日秋だ。えっ、と声を漏らしてしまいそうになり、慌てて口を閉ざす。

……スレイブが、マスターを偽った？

「…本当、なんですね。わかりました。ちょっと用事を思い出したので失礼します。ああ、引っ越しの準備もあるでしょうから、霜月さんは帰宅なさって構いませんよ」

スレイブが絶対服従の下僕だと信じる杉岡は、日秋をこれ以上疑うわけにはいかなくなったようだ。アンバーを促し、高いヒールを鳴らしながら出て行ってしまう。

「あー、怖い怖い」

無言で見守っていた別所が、ひょいと肩をすくめた。

「気にしない方がいいよ、ルーキー。杉岡さんは妬《や》いてるだけだから」

「妬いてる…、ですか？」

「そうそう。杉岡さんはイケメン大好きだからね。アグレッサーを新人に取られたってだけでも悔しいのに、伊沢のヤマにルーキーを噛ませろって命令されて苛々してたんじゃないかな。最近はＣｉｎｑ《シンク》のスバルが好みだって言ってたし。…あれ、どうしたの？　もしかしてＣｉｎｑ知らなかった？」

日秋は慌てて首を振った。芸能関連に疎い日秋でも、国民的人気を誇る男性アイドルグループくらいは知っている。確かスバルはリーダーの名前だ。

「さすがに知ってますよ。ただ、どうして杉岡さんに関係があるのかと思って」

「あー……」

別所はつかの間言いよどんだが、結局白状した。

「杉岡さん、その時の好みのタイプに合わせてスレイブの顔を作り直してるみたいなんだよ。アンバーは確か、どこかの地下アイドルだったかな？」

「…整形手術を受けさせたんですか」

「うん、そう。…で、好みのタイプが変わったら、わざと犯人に突撃とかさせて死なせちゃう。そして新しいスレイブを今の好み通りに作り直すみたいなんだよね」

　そこまで説明されれば、杉岡が今日何をしたかったのかもわかってしまう。

　…好みのタイプではなくなったアンバーを伊沢に殺させ、Ｃｉｎｑのスバルと同じ顔に整形させた新しいスレイブを侍らせるつもりだったのだ。日秋はその邪魔をしてしまったから、杉岡に恨まれるはめになった。

　何とも理不尽で、胸が悪くなる話である。スレイブにされた以上アンバーもかつては相応の罪を犯したのだろうが、本来の姿を失って酷使され、その挙句に犯され殺されるのは相応しい報いと言えるのか。

　そこでふと引っかかるものがあり、日秋は尋ねてみることにした。

「作り直してるみたいとおっしゃってましたが、別所さんは杉岡さんより年上ですよね？　ということは、杉岡さんが実際にその、…スレイブを作り直したところを見たことがあるんじゃないですか？」

「ん？　俺、杉岡さんより年下だけど？」

「は……？」

　思わずぽかんとする日秋に別所は苦笑し、ぽりぽりと指先で頬を掻いた。

「ま、何も知らなきゃそう見えるよな。杉岡さんはシングルマザーで、ルーキーより年上の娘さんも居る。この五課では課長の次に古株だって話だ」

「僕、…私より年上？」

　ということは、若く見積もっても四十代。あるいは五十代以上ということになる。

「正確な年齢は知らないけどな。聞いたら殺されそうだから」

「…若返りの魔法でも使ってるんですか？」

「ははっ、魔法か。当たらずとも遠からずってとこかな。…ここだけの話、杉岡さんはアムリタ製の美容ナノマシンを投与してるらしい」

　アムリタはヨーロッパの小国発の電気機器メーカーだ。元は医療機器を扱う小企業だったが、医療用ナノマシンの開発によって急成長を遂げ、今や世界的シェアを誇る大企業になった。その資産額は自国の国家予算をはるかに上回る。日本でも現地法人が渋谷の一等地に自社ビルを構え、各地に巨大な研究施設が散らばっている。

　美容ナノマシンは医療用ナノマシンのノウハウを元に開発され、投与すれば肉体年齢を実年齢より二十は若く保つという女性にとって夢のようなツールだ。だが非常に高額な上、当然ながら保険も適用されず、数年ごとに交換の必要があるため、恩恵にあずかれるのは

ごく一握りの富裕層のみである。警察官の薄給ではとうてい購《あがな》えないはずなのだが。

……ん？　烈？

日秋は烈の様子がおかしいことに気付いた。首筋を押さえ、引き結んだ唇から犬歯を覗かせている。パニッシュメントが不調でも起こしたのだろうか。

……でも、さっきまでは何ともなかったよな。おかしくなったのは…アムリタの話が出てから？

「あと、君が三課の北浦課長の秘蔵っ子だからってとこもあるのかもね」

「え…、どうしてですか？」

「杉岡さん、佐瀬課長のこと狙ってるっぽいんだけどさ。佐瀬課長と北浦課長って性格からして水と油だし、昔五課のトップの座を争ったみたいで、今でも険悪なんだよね。その北浦課長のお気に入りの世話を押し付けられたから、佐瀬課長に嫌われちゃうって思ってるんじゃないかな」

「……えぇえ……、勘弁して下さいよ……」

日秋はげんなりした。杉岡の恋心も、佐瀬と北浦の因縁《いんねん》についても初耳だ。勝手に敵愾《てきがい》心《しん》を燃やされても迷惑だし、そもそも杉岡はアンバーのようなアイドル系の美形が好みではないのか。

「ま、理想と現実は別ってことでしょ。うちの課長なら下手な民間企業の役員以上の報酬

もらってるだろうし。ルーキーには災難だけどさ…おっ、時間だ。そろそろ行かなきゃ」

ピッピッと別所の端末が鳴った。別所は事件以外にも、定期的に警視庁内をうろつき、各部署の様子を観察する役割を佐瀬から任じられているという。存在しないことになっている五課だからこそ、他部署の動向を常に把握しておかなければならないのだろう。

「じゃあな、ルーキー。杉岡さんのことはあんまり気にするなよ」

別所が手を振りながら退出してしまうと、オフィスには日秋と烈の二人だけになった。日秋が眼差しを向けたとたん、烈はゆがんでいた唇をほころばせる。

「日秋、もう仕事は終わったんだろ。じゃあさっさと帰ろうぜ」

デスクから飛び降り、日秋に纏わり付く烈にさっきまでの不穏な気配は欠片も無い。アムリタに何か嫌な記憶でもあるのかと聞くべきだろうか。いや、聞きたいことなら他にもたくさんある。

何故日秋が伊沢の違法ナノマシンをハッキング出来ると思ったのか。あの異様な身体能力は、どうやって身につけたのか。…あれほどの力がありながら、どうして日秋のスレイブなどになったのか。結局は、全ての疑問がそこに帰結する。

……いや、ここで聞くのは無謀だ。

五課の特質上、どこかに監視用のツールが仕掛けられていると考えるべきだ。日秋なら場所を特定し、一時的にネットワークをダウンさせることも可能だが、そんなことをすれ

ばたちまち佐瀬にばれてしまう。

　けれど、もし烈が…アグレッサーが十年前、爆破事件を起こした動機を問いただせたなら、きっと父があの日に限って現場に派遣された理由もわかるはずだ。難攻不落の第二、第一サーバーを攻略するよりもずっとたやすく、この十年間追い求めてきた答えが手に入るかもしれない。

　…今は我慢だ。これからいくらでも機会はある。

　任務に慣れてきたら、日秋と烈だけで捜査に当たることになるだろう。警視庁の外ならば監視の目は及ばないから、そこで尋ねればいい。スレイブの烈は日秋に嘘を吐けない。

　……慣れる、か。

　五課の任務に慣れるということは、つまり佐瀬や杉岡のようになるということだ。あそこまで極端ではないにしても、果たしてスレイブを『処理』前提の道具として扱えるようになるかどうか。

「日秋、……日秋？　顔色が悪いぞ。あんなもの見せられて疲れたんだろ？　お前は優しくて繊細だからな。早く休まねえと倒れちまう」

　黙ったままの日秋を、心配そうに見下ろす烈。…この男に、いつか自分の命令で人を殺させるのか。烈は日秋の父以外にも、すでに数多の人間を殺している。佐瀬や杉岡なら多少増えたところで大差無い、いい罪滅ぼしだと笑うのだろう。

……でも……。

「…何でもない。大丈夫だ」

「大丈夫って顔じゃないだろ。さっきのババア、帰っていいって言ってたじゃねえか。早く帰って…」

「家には帰る。お前を下に連れて行ってからな」

宣言したとたん、烈は餌を奪われた野良犬のように顔をゆがめた。地団太《じだんだ》を踏み、長い両腕をぶんぶんと振り回しながら訴える。

「な、何でだよ！　イヌは飼い主の傍に居るもんだろ!?」

「…普通の飼い犬ならそうかもしれないけど、お前はスレイブだろ」

「俺は日秋限定の可愛くて無害な飼い犬なんだよ！　ほら、ほら、ほらあ！」

止める間も無く、烈はごろんと床であお向けになった。シャツをまくって見事な腹筋の浮き出た腹を出し、じたばたと足掻く。スーパーでお菓子をねだる駄々っ子…、いや、犬の服従のポーズのつもりだろうか？

どちらにしても、見ている方がいたたまれないし恥ずかしい。佐瀬がこのタイミングでうっかり戻ったりしたら、羞恥《しゅうち》で死んでしまいそうだ。

「……起きろっ！」

「う、……ぐぐっ……」

腹の底から声を出せば、烈はぎくしゃくと従った。パニッシュメントに感謝したのはこれが初めてだ。

「さあ、お前の部屋に戻るぞ。そうしたら僕も帰るから」

「嫌だ、俺も日秋と一緒に行く！　ずっと日秋の傍に居て、日秋の世話をじっくりたっぷり焼きまくるんだ！」

嫌だ嫌だと喚《わめ》き散らしつつも、烈の長い脚は命令通りエレベーターに乗り込み、階下へ下りた。厳重なセキュリティをくぐり、スレイブたちの部屋の並ぶ廊下に出る。

「お前の部屋は…、…ああ、ここだな」

空き部屋の前を通るとセンサーが日秋のマスターデバイスに反応し、自動で開いた。中はさすがに懲罰房より広く、天井も高いが、シングルベッドと椅子があるだけの殺風景な部屋だ。手前の扉はバスルームだろう。

「入れ。明日僕が来るまで出るな」

「嫌だ嫌だ嫌だ嫌だ嫌だってば！　日秋、日秋日秋日秋っ！」

泣き叫び、いやいやと首を振りまくりながら部屋に入っていく図体《ずうたい》のでかい大男は、世界じゅうに悪名をとどろかせる凶悪犯にはとても見えなかった。アグレッサーに何度も煮え湯を飲まされた各国捜査機関の職員が目撃したら、こんな相手に翻弄されたのかと悔し涙を流すに違いない。

閉じた扉にロックがかかったのを確認すると、どっと疲労感が襲ってくる。まだ配属されて二日目だというのに、色々ありすぎではないだろうか。ブラックにもほどがある。

だが、辞めるわけにはいかない。北浦を裏切りたくないし、スレイブの存在を知った日秋を素直に辞めさせてくれるとも思えない。

「……はあ」

嫌な想像ばかりしていても埒が明かない。さっさと帰って引っ越しの準備をしよう。はっきり言って面倒だが、身体を動かしていれば少しは気もまぎれるかもしれない。

――がこんっ。

何かが壊れる不吉な音が聞こえたのは、スレイブたちの居住エリアを抜けようとした時だった。日秋は振り返り――硬直する。さっき閉めたはずの扉が、ゆっくりとスライドしていたのだ。

「……日秋！」

そうして開いた扉から烈は飛び出し、瞬きの間に日秋のもとへ跳んできた。青灰色の双眸を恨めしそうに潤ませ、手をぎゅっと握ってくる。

「何で行っちまうんだよ!?　あんたの傍に居られなきゃ、あんたのイヌになった意味が無いじゃねえか！」

「…お、お前…、どうして扉を…」

「んっ？　ただぶっ壊してやっただけだけど？」

簡単だったぜ、と烈は誇らしげに胸を張る。

言われてみれば扉のセキュリティパネルには拳大の穴が開き、ロック用の金具も力任せにねじ曲げられている。なるほど、物理的に破壊してしまえばセキュリティなど何の意味も無い…と、納得している場合ではない。

「そういうことじゃなくて、どうして扉を壊せたんだよ!?」

明日、自分が来るまで出るなと日秋は命じたのだ。扉を破壊することも、部屋から出ることも日秋の命令に違反するはずだが、烈の首輪は警告どころか、何の反応も示していない。まさか故障か？　いや、ついさっきまでは正常に作動していたのだ。日秋のマスターデバイスにも、何の異常も無い。

「エラー発生。エラー発生。各員その場にて待機し、指示に従って下さい」

混乱しているうちに、頭上のスピーカーからＡＩの音声が流れた。

ウィィィィン、と低い動作音をたてながら列をなして押し寄せてくるのは、特殊警備用のロボットだ。大きな雪だるまのような愛らしいフォルムだが、丸い腹の中に機関銃や催涙ガスなどを内蔵しており、警備より兵器と呼びたくなるスペックを誇る。実際、万が一スレイブたちが暴れた時にはこのロボットたちが鎮圧に当たるのだろう。…そう、まさに今みたいに。

「――スレイブノ脱走ヲ確認シマシタ。処理シマス」

赤いランプを点灯させた先頭のロボットが機械音声を発した。胴体のカバーが素早くスライドし、にょきりと突き出た機関銃の銃口が烈に向けられる。

「ま…っ、待て！　これは脱走じゃない。何かのエラーだ！」

牙を剥きながら飛びかかろうとする烈を制し、日秋はロボットの前に飛び出した。ロボットは烈のパニッシュメントに反応している。ならばマスターデバイスにも反応するはずだと思ったのだが、判断は正しかったようだ。赤いランプが緑に切り替わり、発射寸前だった機関銃は再び腹部に格納される。

「……、……霜月か。何があった？」

不気味な沈黙の後、ノイズ交じりに聞こえてきたのは佐瀬の声だった。五課の存在が秘匿されているため、基本的にスレイブはロボットに管理させ、非常事態には佐瀬に通報がいくシステムなのだろう。何も知らない警察官を関わらせるわけにはいかない。

「烈…、アグレッサーを地下十階の部屋に入れて帰ろうとしたのですが、少し離れたら扉を破壊して出て来てしまったんです」

「何？　……扉を？」

脚代わりのキャタピラーを動かし、ロボットが破壊された扉に近付く。搭載カメラで確認したのだろう。佐瀬はロボット越しに指示を出す。

「隣の空き部屋を一時的に使用可能にした。今度はそちらに入るよう命じてみろ」

　首を傾げつつも、日秋は言われた通りにする。烈はさっきと同じく盛大に泣き喚いて抵抗したが、命じられるがまま隣の部屋に入った。自動で扉に電子ロックがかかる。ここもさっきと同じだ。

「ロックは有効だな。…よし、では離れてみろ。ゆっくりとな」

　再び指示された通り、日秋はなるべくゆっくりと歩き始めた。さすがに二度も続けてエラーなんて、と油断する日秋の耳に、がこんっと不吉な音が届く。

　……まさか……。

「…日秋！　置いてくなって言っただろ、日秋！」

　立ち尽くす日秋のもとに、壊れた扉を吹き飛ばした烈が駆け寄ってきた。


　その後も何度か試したが、結果は同じだった。一定の距離――目算で五メートル以上日秋が離れると、烈は命令に背《そむ》いて行動し始める。五メートル未満ならパニッシュメントに制御されて動けない。つまり烈が命令に縛られるのは、日秋が…日秋のマスターデバイスが半径五メートル以内に存在する時のみ、という事実が判明したのだ。

『マスターとスレイブはＣｈａｉｎでつながっているが、そのつながりの強度は物理的な

距離に依存する。スレイブの自我が強ければ強いほど、マスターとの距離が開けばパニッシュメントの制御が効かなくなるのだ』

そう説明した佐瀬は、ロボット越しにも困惑しているのが明らかだった。物理的な距離が開けばスレイブはマスターデバイスの支配から逃れ、自由に動き出す。その可能性は五課の発足から想定されてはいたが、あくまで理論上に過ぎないと思われていたのだそうだ。

何故なら日秋以外の同僚たちは皆スレイブを地下十階に寝泊りさせていたが、この十年間、脱走したスレイブなど一人も居なかった。Ｃｈａｉｎに距離の限界があるとしても、それは数千、数万キロ以上…少なくとも国内でスレイブを運用する限りは顕在化《けんざい》しない問題だと思われていたのだ。烈はその思い込みを粉砕した。

困り果てたのは佐瀬だ。日秋が離れたとたん扉を破られるのでは、烈を閉じ込めておくのは不可能である。かと言って機密中の機密であるスレイブを、別の刑事施設に住まわせるわけにもいかない。烈ほどのスレイブを『処理』するのはもったいなさすぎる。

かくして日秋に新たな指令が下された。

「ふふっ、ふふふふ、ぐふふふへへへへっ」

衝撃的な事実が判明した一週間後。任務を終えて帰宅する日秋の傍らには、ご機嫌な烈の姿があった。アグレッサーを二十四時間傍から離すな、という佐瀬の指令に従い、ようやく荷物を運び終えた今日から五課の寮で同居を始めることになったのだ。

烈と同居。冗談ではないとつっぱねたかったが、烈を野放しに出来ないという佐瀬の言い分には頷かざるを得なかった。アグレッサーが世に放たれれば、この国はたちまち混乱のるつぼと化すだろう。

「なあ、日秋…」

「駄目だ。自分で歩く」

物欲しげに伸ばされる手をすげなく払いのけるのは、警視庁を出てからこれで何度目だろうか。早く二人きりになりたいから寮まで抱いて運びたい、だなんて絶対に許すわけにはいかない。

「どうして駄目なんだよ。俺、むちゃくちゃいい子にしてたじゃねえか」

烈は駄々っ子のように唇を尖らせた。『いい子』とは、引っ越しが終わるまでの間地下十階で暮らし、脱走しなかったことを指しているらしい。

「脱走しなかったから誉めろって？　むちゃを言うな」

「俺が何度、寂しくて目が覚めたと思ってるんだよ。すげえ毛が抜けたし、食欲も無くてやつれちまったんだぞ」

ほらほらほら、と烈は日秋の周囲をいちいち憐れっぽいポーズを取りながらくるくる回ってみせる。雑踏の中にもかかわらず誰にもぶつからないのは、ずば抜けた身体能力と動体視力の賜物《たまもの》なのだろう。

通り過ぎる人々、特に女性は必ずと言っていいほど烈を振り返る。足を止め、頬を染めて見惚れる者も珍しくなかった。なるべく目立たないよう量販品の地味な服を着せ、帽子を目深にかぶせたのだが、溢れ出るオーラと存在感までは隠せなかったようだ。

……素材だけは一級品なんだよな、こいつ。

「どこがやつれてるんだよ。髪はふさふさだし、肌だってつやつやしてるじゃないか」

ひそかな感嘆は胸に秘め、日秋は無理やり視界に入ろうとする烈から目を逸らした。素直に告げたら、烈のことだ。有頂天になって踊り狂うに決まっている。

「そりゃあ、やっと日秋と一緒に居られるようになったおかげに決まってるだろ。日秋から離れたら、俺は一秒でやつれて病気になるんだぞ」

「つまり、一秒で回復出来るってことだ。僕が何日離れていても問題は無いな」

「は…っ、日秋ぃぃぃ!?」

この世の終わりのような顔をする烈にくすりと笑いそうになり、慌てて顔を引き締める。だがまた烈が妙なことを言い出し、言い返しているうちに笑いそうになってしまう。

最近、烈と一緒に居るとずっとこの調子だ。何も知らない人間には、烈と日秋は親友同士にしか見えないだろう。『イレブン』として父の死の謎を追い続けてきた日秋には、そもそも普通の友人すら居ないのだけれど。

……何をやってるんだろうな、僕は。

烈は父の仇だ。そして世界じゅうの捜査機関が血眼になって探す凶悪犯、アグレッサーだ。そんな男と並んで歩くだけでも異常事態なのに、笑いながら話し、さらに同居するなんて、亡き父が知ったら卒倒するに違いない。

「なあなあ日秋、まだ着かねえのか？　やっぱり俺が抱いて…」

「運ばなくていい。もうすぐだ」

焦れた空気を感じ取り、日秋は曲がり角からいつもと違う路地に入った。先日見付けたばかりの近道だ。自動車は侵入出来ないほど細くコンビニなどの店も無いが、正規ルートより五分は早く寮に着ける。

夕方の六時を過ぎ、あたりはだいぶ薄暗くなっていた。無意識に早めようとした足を、日秋はふと止める。数メートルほど先の街灯の下に、誰かがたたずんでいたのだ。

白い光に照らされたシルエットは小柄だが、だぼだぼのパーカとズボンを身に着け、フードを目深にかぶっているせいで性別はわからない。革手袋を嵌めた指がフードを少しだけ上げる。ゴーグル越しに、鋭い視線が日秋たちを射貫いた。

「……下がれ、日秋！」

警告と同時に、烈は跳躍した。

がつん、と何かがぶつかる音に振り向き、日秋は青ざめる。ついさっきまで烈の居たあたりのアスファルトが抉《えぐ》れ、土が剥き出しになっていたのだ。傍には掌に収まりそうなサ

イズの石が転がっているが…まさかあれを投げたのか？　あのフードの襲撃者が？

「嘘だろ…？」

日秋には見えなかった。襲撃者が石を投擲《とうてき》するところも、走り出すところも。

けれど今、彼もしくは彼女は降下した烈の強烈な蹴りをかい潜り、日秋に肉薄しようとしている。脚の速さだけなら烈をしのぐかもしれない。それの意味するところは――。

……まさかこいつも、スレイブなのか!?

パニッシュメントに強化されたスレイブに一対一で対抗出来るのは、同じスレイブだけだ。だが烈以外のスレイブは皆、警視庁地下十階の宿舎で管理されているはず。同僚たちが日秋を襲わせる理由も無い。

ならばいったい何者なのか、と混乱している間にも襲撃者は迫ってくる。烈は反転するが間に合わない。…日秋が止めなければ。でも、どうやって？

「…来るな！」

答えが出る前に、日秋は叫んでいた。マスターデバイスがにわかに熱を帯び、肌をちりちりと焼く。脳内を駆け巡る膨大な情報……これは何だ？

――日秋。

懐かしい父の声が聞こえた瞬間、日秋は思い出した。…ああ、これはコードだ。Ｃｈａｉｎの…父の『遺産』の…。

「……ぐ、…っ…」

呻いたのは烈ではなく、襲撃者だった。フード越しに頭を押さえ、小柄な身体をがくがくと震わせている。身体の内側で荒れ狂う嵐に、耐えるかのように。

……僕の命令に、従った!?

立てこもり事件に、伊沢の事件。ありえないことが起きたのはこれで三度目だ。一度や二度なら偶然かエラーだろうと思い込むことも出来るが、三度目は…、…駄目だ。頭がくらくらして、まともに考えられない。

霞《かすみ》がかってきた意識を引き戻したのは、銃声だった。いつの間にか拳銃を握っていた襲撃者の腕を、烈が鬼のような形相でねじり上げている。白いシャツの袖は裂け、真っ赤に染まっていた。

「……烈……!」

腕に刻まれた大きな傷口に、がつん、と後ろから殴られたような衝撃を受けた。きっと隙だらけの日秋を襲撃者が撃とうとして、烈が邪魔に入ったのだ。弾みで発射された銃弾に、烈は傷付けられて…日秋のせいで、烈が…。

「…この野郎…っ…!」

傷口の痛みなどものともせず、烈は襲撃者の腕を関節とは逆方向にひねった。ごきり、と鈍い音が響く。骨が折れたのだ。

「……っ…」

悲鳴を呑み込んだ襲撃者の手から拳銃が落ちる。襲撃者は黒光りするそれを一瞥したが、逃走を優先したようだ。渾身《こんしん》の力で烈を振り解き、一目散に逃げていく。

「烈、いい！　追うな！」

日秋は反射的に叫び、襲撃者の落としていった拳銃を拾い上げた。警察官に支給されるものより口径の大きい大型拳銃だ。あの襲撃者くらいの体格では反動が大きすぎてまともに扱えないはずなのだが、襲撃者は邪魔されたとはいえ撃ってみせた。

やはりスレイブなのか？　いや、今はそんなことどうでもいいのだ。烈の治療をしなければならないのに。

「俺、病院になんて行かねえぞ」

日秋が言い出すより早く、烈が宣言した。

「何を言ってるんだ、お前…その傷、早く治療しないと命に関わるぞ」

「大丈夫だって、これくらい」

ほら、と突き付けられた傷口は、驚くべきことに血が止まっていた。そのへんに引っかけただけだと言われたら信じてしまいそうなほど浅い傷口だ。…ついさっきまで、鮮血がしたたり落ちているところを目撃していなければ。

「お前…、これは……」

異常と言うしかない。パニッシュメントは確かに自己治癒能力を高めてはくれるが、数分で銃創を治す魔法のような力を得られるわけではないのだ。だからこそ表に出せないスレイブも診察してくれる専門の医療施設が存在し、日秋は烈をそこに連れて行こうとしていたのである。

「あんたが手当してくれればすぐに治る。…だから頼むよ、日秋」

いつに無く神妙な表情で懇願《こんがん》され、日秋の心は揺れた。いくら治りかけていても、銃創は銃創だ。専門の医師に治療してもらう方が安心なのは言うまでもない。

「——早く行かないと人が来る。急ぐぞ」

承知の上で願いを聞き入れてしまったのは、自分でもよくわからない気持ちが湧き上がってきたせいだ。…日秋を守るために負傷したこの男を他の人間に任せたくない、という。

「…ああ！　さすが俺の日秋だぜ！」

早足で歩き出した日秋を、烈は破顔して追いかけた。

五課の寮は警視庁から徒歩二十分ほどの距離にある十階建てのマンションだ。機密とプライバシーの保護のため一階から五階までは人を入れておらず、五階から上のフロアを同

僚たちが一フロアずつ使っているという。都心の住宅事情を鑑《かんが》みれば何とも贅沢《ぜいたく》な条件だが、これもまた危険手当の一環なのだろう。

別所によれば彼自身は六階、勝野は七階、杉岡は十階に住んでいるそうだ。杉岡はシングルマザーだが、娘とは別居中である。五課の寮にはマスターデバイスかパニッシュメントを持つ者――つまり五課に所属する本人か、そのスレイブしか住めないのだ。

『むしろそっちの方が都合いいんじゃない？　杉岡さん、しょっちゅうアンバーを連れ込んでるし。こないだもさあ…、ん？　何してるのかって、そりゃあナニだよ』

家族と別居なんて厳しいですね、と同情した日秋に、別所はにやにやと笑いながら耳打ちしたものだ。…胸が悪くなったが、少し安心もした。アンバーを連れ込んでいるということは、今のところ新しいスレイブに乗り換えるつもりは無いということだろうから。

空きフロアならどこでも入居して構わないと言われ、日秋は九階を選んだ。下階に人が居なければ『イレブン』としても色々と都合がいいからだが…。

「…まさか、こんな形でも役に立つなんてな…」

「うっひょおおおおおおおおお！　日秋の部屋！　日秋の匂い！」

さっきまでの殊勝な態度はどこへやら。部屋に通されるなり目を爛々《らんらん》と輝かせ、寝室やらリビングやらバスルームやトイレの中まで飛び回る烈を、日秋は玄関に座り込んだまま呆然と見守っていた。素早すぎて止められなかったのだ。

烈が床や壁、果ては天井までも足場代わりに走り回るせいで、どすんばたんと大きな音が響き渡る。下階に入居者が居たら、クレームは避けられなかっただろう。

「…いい加減にしろ、烈！」

声を張り上げたとたん、烈はいそいそと日秋の前にやって来て、お行儀良く正座した。日秋は痛む頭をさすり、リビングのソファに烈を座らせると、クロゼットに仕舞い込んでいた救急キットを取ってくる。

破れたシャツを脱がせれば、鍛えられた上半身が露わになった。職業柄、体格に恵まれた男は珍しくもないが、研ぎ澄まされた刃にも似た獰猛《どうもう》さをまき散らす烈の肉体はまるで生きた凶器だ。傍に居るだけで脂汗が滲みそうになる。

「これは……」

負傷した腕を差し出させ、日秋は目を丸くした。つい十数分前に受けたばかりの傷はほとんどふさがり、うっすらと赤い痕が残っているだけだったのだ。さっき見た時には、浅いとはいえ傷口があったはずなのに。

……ほんの十数分の間に、傷が治った？

いよいよ異常事態だ。寒気を覚えると同時に、納得もした。病院の受診を固辞するわけだ。銃創が三十分足らずで完治するなんて、露見すればパニックになる。

「な、だから言ったろ？　あんたが手当してくれれば大丈夫だって」

にかっと笑うくせに、青灰色の双眸はかすかな不安を滲ませている。日秋に気色悪がられるかもしれないと、怯えているのだろうか。

「…僕はまだ、何もしていないけど」

「あんたがこうして触ってくれるだけで身体が熱くなって、何でも出来るって感じになるんだ。…あんただけだ。俺をこんなふうにするのは」

青灰色の双眸が甘くとろけた。日秋の触れた部分の肌が、じわじわと燃えるように熱くなっていく。

……こいつは本当に、父さんを殺したのか？

胸を締め付けられる痛みと共に、もう何度目かもわからない疑問が浮かんでくる。すぐ治るからといって、痛みまで消えるわけではないだろう。あの大型拳銃で急所を撃たれれば、治る間も無く即死する可能性が高い。

なのに烈は、一瞬もためらわずに日秋を守った。自分が殺した男の息子を助けるため、命を投げ出した。…そんな男が、そもそも己の存在を誇示するためだけに爆破事件を起こしたりするだろうか。

他の事件だってそうだ。警視庁のサーバーにダイブするついでに調べてみたが、烈が…アグレッサーが破壊した各国の施設は、違法な生体兵器を開発しているのではないかとか、非道な人体実験を行っているのではないかといった黒い噂の耐えない施設ばかりだった。

ネットではアグレッサーを称賛する声も少なくない。

もちろん、それで烈の罪が消えてなくなるわけではない。施設の職員たちが数多巻き添えになったのは事実なのだから。

父の命を奪ったアグレッサーとは、どんな残虐《ざんぎゃく》非道《ひどう》な男だろうとずっと思っていた。けれど実際の烈は進んで日秋のイヌになり、日秋を命懸けで守ろうとする男だ。

……お前は、いったい何者なんだ……？

考えれば考えるほどわからなくなっていく。うつむきそうになった日秋の顎を、長い指が掬《すく》い上げた。

「――日秋。俺はあんたの父さんを殺していない」

「っ……！」

真摯《しんし》な光を湛えた青灰色の双眸に、動揺する日秋が映し出される。

「…父さんを殺した事件を、覚えているのか」

「もちろん覚えているさ。俺がやったわけじゃないけどな」

「お前じゃないなら、誰がやったっていうんだ」

「それをこれから話したい。……聞いてくれるか？」

青灰色の瞳の熱量に押されるかのように、日秋は頷いた。烈が進んで説明してくれるというのなら、願ってもない話だ。真実かどうかは、後で見極めればいい。

「ありがとう。…少し長くなるが、付き合ってくれ」

烈は居住まいを正し、神妙な表情で話し出した。

「俺はこの通りの見てくれだが、生まれは日本だ。…親の顔は覚えてねえ。たぶん日本人の母親が行きずりの難民の子どもを産んで、処分に困って捨てたんだろうな」

珍しくもない話だった。子どもの両親のどちらか、あるいは両方が難民の場合、政府は基本的に国籍を与えていない。生まれた子どもに国籍が与えられるのでは、増加する一方の難民の流入に歯止めがかからなくなってしまうためだ。

だから難民の子どもは生まれてすぐに捨てられる。ほとんどは野垂れ死ぬが、わずかな生き残りたちは野生動物のごとく群れをなし、スラム街を形成する。そこへまた新たな子どもが捨てられる。烈が捨てられたのも、そういうスラム街の一つなのだろう。

生きることすら難しい環境だったはずだ。だが烈は生まれ持った強靭《きょうじん》な肉体で生き延び、成長していった。そしてその強烈なカリスマは同じ境遇の数多の孤児たちを惹き付け、リーダー的なポジションに収まっていたらしい。

だがある日、烈が秩序を作り上げたスラム街に不審な集団が乗り込んできた。烈たちは抵抗したものの叩きのめされ、連れ去られてしまったという。

目が覚めた時、烈は見知らぬ施設のケージに囚われていた。現れた白衣の研究員によって、そこはアムリタの研究施設だと告げられる。

研究されていたのは人体用のナノマシンだ。医療用ナノマシンでも美容ナノマシンでもなく、現存するあらゆる国家の法律で禁じられた人体強化用のナノマシンである。

何故禁じられているのか。人体強化用ナノマシンは軍事転用の危険が高いのに加え、ほとんどの人間はナノマシンによる急激な強化に耐えられないとされているからだ。パニッシュメントがあくまでスレイブの持つ能力を最大限に引き出しているだけなのと違い、人体強化用ナノマシンは肉体そのものを造り替えてしまうらしい。

だがアムリタは烈の連れ去られたその施設で、軍事転用を目指し、ひそかに人体強化用ナノマシンの開発を進めていた。戸籍も身寄りも無い烈たちは、あと腐れの無い被験体としてさらわれてきたのだ。

「……仲間たちはみんな死んでいったが、俺だけは生き残って、化け物みてえな力を手に入れた。俺の遺伝子の何かがナノマシンに適合したんだろうって、研究員どもは喜んでたな。突き詰めて研究すれば、誰にでも使用可能な軍事用ナノマシンが完成するって」

「そんな…、それじゃあ……」

烈の人間離れした身体能力や治癒能力はパニッシュメントではなく、アムリタの実験によって投与された人体強化用ナノマシンによるものだったのだ。

胸の奥が氷を呑み込まされたように冷たくなった。烈と同じ能力を持つ兵士なら、数人でもその数十倍の規模の軍を圧倒するだろう。混沌《こんとん》を極めるこの世界では、どこの国も欲

しがるに違いない。完成した人体強化用ナノマシンはアムリタに巨万の富を、世界にこれまでとは比べ物にならないほどの争乱を巻き起こす。

想像するだけで身の毛もよだつ事態だ。だが今、人体強化用ナノマシンが普及していないということは、アムリタの研究は成功しなかったということである。

烈は日秋を安心させるように頷いてみせた。

「俺だって、そんなものが出回るのも、実験体のまま飼われるのもごめんだった。…何より、殺された仲間たちの仇を討ってやりたかった。だから俺は従順なふりをして研究員どもを油断させて…、…みんな、ぶっ殺してやったんだ」

それがアグレッサーの、最初の犯行だった。

施設を脱出する際、烈は可能な限り研究データを破壊して回ったのだが、バックアップまでは手が回らず、アムリタに残されてしまった。烈という成功例のデータをもとに、アムリタはこれからも開発を続けるだろう。数多の犠牲者の骸《むくろ》を積み上げながら。

それだけは防ぎたい一心で、烈はアムリタの拠点や軍事研究でつながる企業、施設などを襲撃し続けた。アムリタの関連施設は世界じゅうに存在する。潰しても潰してもきりがないのだが、死んでいった仲間や今この瞬間にも犠牲にされている人々のためにも諦めるわけにはいかなかった。

「……逆、だったっていうのか……？」

指先が小刻みに震え出す。ぎゅっと両手を組み合わせても、震えは止まるどころか酷くなるばかりだった。

烈の話が事実なら、アグレッサーという存在そのものの定義が引っくり返ってしまう。己の衝動に突き動かされるがまま侵略をくり返す凶悪犯罪者から、巨悪を打倒する正義の実行者へ。

……嘘だ。嘘に決まってる。

烈がアムリタの野望を砕くために動き回った結果アグレッサーとなったのなら、何故父は殺された？　アグレッサーの仕業《しわざ》でないのなら、誰がやったのだ？

日秋の葛藤《かっとう》を見透かしたように、烈は問う。

「あんたの父さんが亡くなった、あの爆破事件。あれはどうして、アグレッサー《おれ》の仕業ってことになった？」

「どうしてって、決まってるだろ。警察にお前の犯行声明が入ったからだ」

「誓って言うが、俺はそんなもの出してない。もちろん爆弾を仕掛けた覚えも無い。…考えてみろよ、日秋。仮に俺があのショッピングモールを破壊したかったとして、爆弾なんか必要だと思うか？」

日秋は想像し、首を振った。烈の身体能力なら、爆弾など用いずともショッピングモールの一つや二つ、その身体だけで破壊してみせるだろう。それに『イレブン』としてショッ

ピングモールのデータを探った時にも、アムリタとのつながりは発見されなかった。アグレッサーがあのショッピングモールを標的にする理由は、存在しないのだ。

……烈は犯行声明を出していないという。だったら誰が出した？

思考を巡らせ、日秋は嫌な汗が背中を伝い落ちるのを感じた。…恐ろしい結論に達してしまったのだ。

烈、アグレッサーからの犯行声明が本物か、愉快犯や模倣犯などの犯行ではないかどうか、当時の警察は入念に調査したはずだ。当然、外部に情報が漏れないよう細心の注意を払っただろう。

だが当の烈はやっていないと断言する。ならば犯行声明は――警察内部の人間による自作自演の可能性が高いのではないか？　つまりあの爆破事件にも、警察内部に関わった人間が居るということだ。

……いや待て、落ち着け。

日秋は己に言い聞かせた。出逢ったばかりの元凶悪犯罪者の言い分を真に受けるなんて、馬鹿げている。そもそも日秋の仮説が真実だったとして、どうして警察内部の人間がアグレッサーに罪をなすり付けてまで爆破事件を起こさなければならなかったのか。あの爆破事件では、父以外にも多くの警察官が殉職してしまったのに。

「…俺の言うこと、信じられねえか？」

正面からひたと眼差しを合わせられ、日秋はとっさに答えられなかった。それ自体が答えのようなものだ。日秋は今、自分の所属する組織に…治安の守護者たるべき警察に不信感を抱いているという。

北浦と佐瀬、同僚たち、そして彼らのスレイブの顔がぐるぐると頭を巡る。彼らを信じたい。信じなければならないのに。

「おい、…日秋？」

「少し、そこで待っていてくれ。…すぐに戻る」

やおら立ち上がった日秋に烈が訝しげな声をかけてくるが、構わず寝室の隣の部屋に向かった。そこにはアパートから持ち込んだ愛用のマシンがセットされている。これだけは業者には任せられず、自ら持ち込んだ。もちろん、ダイブ用のヘッドセットもだ。

……真実を見極めたいのなら、自分で確かめるしかない。

日秋はマシンを起動させ、コマンドを打ち込むと、ヘッドセットを装着した。すぐに意識がブラックアウトし、見慣れた漆黒のトンネルに放り出される。日秋の脳と警視庁のサーバーがつながったのだ。

第三サーバーまではもはや日秋の庭のようなものだ。仕掛けられたトラップを難無く回避し、第二サーバーに通じる階段に到着する。

父の死…あの爆破事件に警察内部の人間が関与したなら、第二か第一サーバーに必ず何

らかの情報があるはずだ。セキュリティは第三までと比較にならないほど厳しいだろうが、絶対に攻略してみせる。この手に真実を掴むために。

「くっ……」

階段を下りたとたん、トンネルの奥から接近してくる影を発見し、日秋はとっさに近くの分岐ルートに身をひそめた。

そのわずか数十センチほど先を通り過ぎていくのは、警視庁の地下十階に配備されていた雪だるま型の警備ロボット——ではない。日秋のような侵入者を排除するための、スイーパープログラムだ。本来はコードの羅列でしかない存在だが、日秋の脳が日秋に理解しやすい形に変換している。

スイーパーに捕まったら、個人情報を丸裸にされてしまう。それだけならまだましな方で、日秋の場合は脳神経を焼き切られ、最悪即死だ。捕まるのは当然として、勘付かれるのも可能な限り避けなければならない。

幸い、スイーパーは日秋に気付かないまま奥へ消えていった。探査してみたが、近くに他のスイーパーは巡回していないようだ。日秋は前もって作成しておいた検索システムに関連ワードを打ち込む。

トンネルを歩き回り、ヒットしたファイルを探していく。不自然な予算の動き、恣意《しい》的な人事、警察官の不祥事…さすがに第二サーバーだけあって、表沙汰には出来ない機密情

報だらけだ。対立国のスパイやマスコミだったら喜ぶだろうが、日秋が求めるのはあの爆破事件に関連する情報のみである。

「…これは…、隠しファイルか？」

集めたファイルを絞り込んでいくうちに、日秋は断片化したファイルが紛れ込んでいることに気付いた。単なる破損…ではないだろう。日秋のようなハッカーの侵入に備え、わざと断片化させ、他のファイルに隠しているのだ。つまりそれだけ重要な情報ということである。

予測される残りの破片はあと一つ。格納された場所には複数のスイーパーが警戒している。いつもの日秋なら引き返すところだが、ここは前進一択だ。

帰還用のバックドアを作成しておき、日秋はトンネルの奥に侵入した。階段の周辺エリアより格段に入り組んだルートを巡回するのは、ライオンを彷彿とさせる四つ足のスイーパーだ。見た目だけでも、あの雪だるま型より相当手強そうである。やはりこのエリアに格納されているのはよほどの機密事項なのだろう。

ライオン型スイーパーの巡回が途切れた隙を狙い、最奥に続くトンネルに忍び込む。次にスイーパーがやって来るまで時間の余裕は無い。

幸運にも、目当てのファイルはすぐに見付かった。断片化したファイルだけを抜き取り、今まで集めた分とつなぎ合わせると、ようやく読める状態になる。

ファイルの作成日時は十年前。爆破事件についての報告書ではなく、スレイブ導入の提案書のようだった。亡き父に関する情報を無差別に集めたからだろうか。日秋は落胆しかけ、心臓を直接掴まれたような衝撃に襲われる。書類の作成者——すなわちスレイブ導入の発案者として記録されているのは…。

「……北浦、さん……？」

何度も確認したが、間違い無い。亡き父俊克の開発したＣｈａｉｎシステムを用いれば、死刑になるだけの犯罪者を捜査に活用し、ひいては警察の信用回復に大いに役立つと力説しているのは北浦正義。日秋の養い親にして、亡き父の親友だった男である。

……北浦さんが、スレイブ導入を提案しただって？

そんなことあるわけがない。北浦は日秋が五課に配属されることに反対していた。正義感が強く、誰にでも公平で優しい、警察官の鑑とまで謳われたあの北浦が、スレイブなんて非人道的な捜査方法を提案するわけがないのだ。

だが、ここまでして秘匿されたファイルがダミーである可能性は限りなく低い。

……だったら何故、北浦さんは自分こそがスレイブ導入の発案者だということを黙っていた？　どうして発案者である北浦さんではなく、佐瀬さんが五課の課長なんだ？　いつか別所さんは、佐瀬さんと北浦さんが五課のトップを巡って争ったと言っていたけど…。

ウーッ、ウーッ、ウーッ！

押し寄せる疑問に呑み込まれかけた意識を、けたたましいサイレンが引き戻した。

弾かれたように顔を上げ、日秋は唇を噛む。ほんの数メートル先で、ライオン型スイーパーがたてがみを模した巨大リボルバーの銃口をこちらに向けていた。

「…くそ、ファイルに気を取られすぎた！」

後悔しても遅い。日秋は必死に頭脳を回転させた。あのリボルバーは脳がそう見せているだけで、現実の銃とは違う。『イレブン』なら避けられる。

……被弾しても致命傷でなければ動ける。行くぞ！

日秋が駆け出すと同時に、リボルバーが火を噴いた。身を低くしてかわしながらすれ違い、反対方向へ走れば、スイーパーは素早く方向転換して追ってくる。

……予測通りならそろそろ…、よし、……来た！

前と左右に伸びた分岐路。前のルートから巡回中のスイーパーが接近してくるのを見届け、日秋はさっと左に曲がった。日秋を追いかけてきたスイーパーは素早い動きに対応出来ず、再びリボルバーを発射してしまう。

銃弾は前方のスイーパーに命中し、激しい火花を散らせた。攻撃を受けたスイーパーは黒煙を立ちのぼらせながらも、己に攻撃を仕掛けてきたスイーパーを敵性勢力と判断し、反撃に出る。日秋を追いかけてきたスイーパーもさらに応戦する。

激しい銃撃戦の末、双方のスイーパーは爆発し、消滅した。相討ちだ。

「…よし、狙い通りだな」

あとはさっき作成しておいたバックドアから脱出するだけだ。身をひるがえそうとした日秋の首に、硬く冷たいものが触れた。

「侵入者発見。……排除シマス」

無機質な合成ボイスで告げるのは、ライフルを構えた人型の機械兵士だった。ライオン型よりもさらに高性能のスイーパーだ。その高い判断能力で気配と足音を絶ち、日秋の背後を取ったのだろう。

「あ、……あ……」

——もう、助からない。

日秋は直感した。撃たれたダメージは現実の日秋の脳神経を直撃し、焼き切ってしまうだろうと。運良く助かっても人間としての尊厳は失われ、二度と自分の意志で動くことは出来なくなるだろう。

承知の上でダイブしていた。…いつ死んでも構わないはずだったのだ。

『どうして…、……助けてくれなかったんだ……』

大好きだった父を、日秋は助けられなかった。日秋が死んだって、悲しんでくれるのは北浦だけだ。十年経っても未だに自分の死の真相を突き止められずにいる息子を、父はあの世で恨んでいるに違いない。

だけど今、頭に浮かぶのは。

『ん？　そんなの決まってるだろ。あんたを守ってやりたいからだよ』

凶悪で凶暴で、スレイブのくせに同僚を威嚇しまくって。

…でも日秋の言うことだけは聞いて、命を投げ出してまで守ろうとしてくれる。

「……烈、……」

――助けて。

心の中の小さな願いは、誰にも届かないはずだった。

「…おいこらテメェっ！　俺の日秋に何してくれてんだ！」

だから懐かしい怒声が聞こえた時、もうとっくに脳を焼かれてしまったのかと思った。

これは壊れた脳が見せている都合のいい幻覚ではないかと。…だって、ありえない。日秋以外誰も侵入していないはずの第二サーバーに、烈が現れるなんて――。

「日秋は俺のだ！　消えろこのクソザコ！」

だが何度瞬きをしても、烈は消えなかった。日秋を撃とうとしていた機械兵士型スイーパーを蹴り飛ばし、ライフルを奪うと、頭部に銃弾を何発も撃ち込む。

機械兵士型スイーパーは人間のようにもがいていたが、すぐに動かなくなった。烈はライフルを放り捨て、放心状態の日秋を抱き締める。

「日秋、無事か？　あいつに何か変なことされなかったよな!?」

「あ、…ああ…。でもお前、どうしてここに…」

「話は後だ。こんなとこ、さっさとずらかるぜ」

トンネルの四方八方から、無数のスイーパーたちが押し寄せつつあった。最初に遭遇した雪だるま型、ライオン型、そして機械兵士型が勢揃いだ。日秋が復元したスレイブ導入に関するファイルは、よほど重要な機密事項だったらしい。

「ずらかるって、どうやって…」

どこにも脱出ルートは無い。これだけのスイーパーを集結させたのだ。再びバックドアを作成するのも、さっき作っておいたバックドアまで移動するのももはや不可能である。

「…出口は自分でぶち破るもんだぜ、日秋？」

ニッと唇をゆがめる、悪辣《あくらつ》な笑顔に何故か心臓が高鳴った。

烈は日秋を片腕で抱いたまま、ガンッ、と壁を勢い良く蹴り付ける。すると壁はがらがらと崩れ落ち、人一人が通り抜けられそうな大きさの穴が空いた。穴の奥は真っ暗闇だが、遠い彼方にかすかに瞬く光が見える。

「行くぜ、日秋。しっかり捕まってろよ！」

片腕で抱き上げられ、日秋は素直に烈の首筋に掴まった。つかの間きつく日秋を抱き締め、烈は穴の奥に向かって駆け出す。

不可視の闇に包まれても、何も怖くなかった。

ぴたりと重なった烈の胸から、力強い鼓動が伝わってくるおかげで。

まぶたを開けたとたん、泥沼の底から這い上がるような倦怠感が襲ってきた。もう何度もダイブしているが、こんなに消耗したのは初めてだ。

頭に靄《もや》がかかっている。かざした自分の手は二重に見えた。だんだん元通りになっていったから脳は無事だったようだが、現実の肉体にここまで影響が出るなんて、相当危険なところまで追い詰められていたらしい。

妙にぎしぎしする身体を椅子の背もたれから起こせば、足元に座った烈がヘッドセットを外すところだった。

……サブ用のマシンとヘッドセットを勝手に探し出して、ダイブしたのか。

日秋はひそかに舌を巻いた。サブ用マシンはメインのマシンよりスペックが劣る上、日秋好みにカスタマイズしてある。それを初めて使ってダイブし、見事に日秋を救ってみせるなんて相当の手練《てだ》れだ。…ひょっとしたら『イレブン』よりも。

烈は無言でむくりと起き上がり、日秋の傍らに立った。

「この、……馬鹿！」

振り上げられた拳は、すさまじい音をたてて壁にめり込んだ。亀裂の入った壁から、ぱ

らぱらと破片が落ちる。

「どうしてこんな危険な真似をする!?　ダイブなんて、命知らずの馬鹿がやることだぞ！」

びくっと竦んだ日秋に、烈はずいと顔を寄せた。全身から怒りを発散させているくせに、青灰色の双眸に渦巻くのは…慟哭《どうこく》だ。

「もっと命を大事にしてくれよ。日秋はこの世でたった一人の、俺のご主人様なんだぞ。あんたが死、……し、しし、……死ん、じまったら、俺は、…俺は…っ……」

「烈……」

「…俺は、……俺は、……っ、う、……ふ…っ……」

烈は大きくしゃくり上げ、ぼたぼたと涙を溢れさせた。…泣いている。たった一人で各国の捜査機関を翻弄する男が。誰を敵に回そうと恐れない男が。

……命知らずの馬鹿、か。そうかもしれないな。

誰にも…北浦にさえ触れさせたことの無いやわらかな部分に、烈は無遠慮に乗り込んでくる。まさに侵略者《アグレッサー》だ。それに嫌悪どころか心地よさを感じてしまうのだから、日秋もどうかしてしまったのかもしれない。

「……夢を、見るんだ。十年前、父さんが死んでからずっと」

ヘッドセットを外し、日秋は椅子ごと烈に向き直った。まぶたを閉じればすぐに浮かんでくる。炎に包まれながら自分を呪う父の姿が。…そんな光景、現実では見たことも無い

はずなのに。

「眠るたび父さんは火だるまになって、僕を責め続ける。どうして助けてくれないんだって、何度も何度も…」

「…は、日秋…」

「大好きだったのに、…僕は、何も出来なかった。父さんの死の真相を突き止めることも。…だから、いつスイーパーに殺されてもいいと思ってたんだ。父さんを助けられなかった僕に、生きる価値なんて…」

「――ある！」

力強い宣言が部屋じゅうに響き渡った。はっと目を開けた日秋の両肩を、烈は強い力で掴む。その気になれば金属の扉さえ破ってしまえる手は、服越しにも熱い。悪夢の残滓《ざんし》を焼き払ってしまえるほどに。

「ここにある。…あんたの生きる価値は」

どん、と烈は自分の左胸を叩いてみせた。そのまま胸をたどり、銀色の首輪に指を滑らせる。

「あんたは知らなくても、俺はあんたとこうして一緒に居るためだけに生きてきた。あんたこそが俺の生きる意味だ」

「…烈、…どうして…」

「…あんたは本当に馬鹿だよ。あんたが居なくなって、俺が生きていけるとでも思ったのかよ…」

収まっていたはずの涙が、青灰色の双眸から再び溢れ出す。何かとても綺麗で尊いものに見え、日秋は思わず掌で受け止めた。

——その瞬間。

「……くっそ……」

忌々《いまいま》しそうな舌打ちと共に空気が熱を孕《はら》んだ。安全なはずの自室に居るのに、丸裸で猛獣の跋扈《ばっこ》する密林にでも放り出されたような危機感に陥る。

地位も財産も意味を成さない、強さだけが支配する野生の世界。その頂点に君臨するのは、きっと目の前の男だ。燃えたぎる青灰色の双眸に射貫かれれば、どんな獣も降参するに違いない。

「痛っ……！」

荒々しく掴まれた手首に痛みが走る。呻く日秋に構わず、烈はそのまま手を己の頬まで引き寄せた。涙に濡れた掌に、熱い頬を擦り寄せる。

「…あんた…、わかってんのか？」

「な、…何が…」

答える代わりに、烈は日秋の掌にねっとりと舌を這わせた。火傷しそうな熱さに思わず

手を引っ込めそうになるが、がっちり食い込んだ指が許してくれない。

何か――何か言わなければ、取り返しのつかない事態に陥りそうな気がする。腹を空かせた獣のあぎとに乗せられたような焦燥感が襲ってくる。

「……ごめ、ん」

追い詰められ、わななく唇がかすれた声を紡いだ。マスターとして命じれば烈は何の手出しも出来ないはずなのに、この時は肌を焼くほどの熱から逃れることしか考えられなかった。

「…俺に悪かったって思ってるのか？」

また掌を舐め上げられ、日秋はただこくこくと首を上下させた。これは本当だ。もしもさっきスイーパーたちの一斉攻撃を受けていたら、烈の命も無かったはずである。烈はまた命を投げ出して日秋を守ってくれたのだ。

「そうか。……なら、ご褒美《ほうび》をくれよ」

一瞬浮かべたやるせなさそうな表情は、すぐさま獣めいた笑みに取って代わられた。ぞくん、と背筋に未知の感覚が走る。恐ろしいのに甘美な感覚の正体を、日秋はまだ知らない。

「ご褒美…？」

「ああ。いいことしたイヌにはご褒美をやるもんだろ」

めくれ上がった烈の唇から、鋭い犬歯が覗く。普通の人間より明らかに大きく鋭利なそれもまた、アムリタに投与された人体強化用ナノマシンの影響なのだろうか。日秋の腕くらい、骨ごと噛み砕いてしまえそうだ。

ご褒美なんて、いったい何を。日秋の疑問に先回りし、烈は答える。

「——あんたをくれよ」

「ぼ、…く？」

「俺はあんた以外に欲しいものなんて無い。あんたの中に入って、ぐっちゃぐちゃにかき混ぜて、俺のものだって印を付けまくってやりてえんだ」

握り込んだままの手を、烈は強引に己の股間へ導いた。烈とてスイーパーに追われてダメージを受けたはずなのに、そこは厚い布地越しにもわかるほどの熱を帯び、どくんどくんと脈打っている。

「…っ、…ぁ……」

「意味がわからないほど初心《うぶ》じゃねえんだろ？　……なあ、日秋」

上から重ねられた手に、ぐっと股間を握り込まされる。その薬指に光るのは、マスターデバイス。身を寄せてくる男の首には首輪型の爆弾。支配者と下僕の関係が、少しずつ逆転していく。青灰色の双眸に宿る、ぎらついた欲望の光によって。

「俺のコレをあんたの尻にぶち込んで、あんたの腹が孕んだみたいになるまで精液を注い

でやりたいって言ってるんだよ。……わかってるよな？」

「そんな、……そんなの……」

わかるけど、わかりたくない。

いやいやをするように首を振れば、烈はくしゃりと顔をゆがませた。苦しそうな、切なそうな、可愛くてたまらないものを見詰めるような表情をすぐに消し去り、やおら身を離す。

「れ、……烈？」

戸惑う日秋の前で、烈はジーンズのウエストに手をかけた。ボタンを外し、チャックを下ろす。たったそれだけのことにやたらと時間がかかっているのは、烈の指が興奮に震え、青灰色の目が日秋に釘付けなままのせいだろう。

ようやくずり下ろされた下着からぶるんと窮屈そうに現れた雄《おす》は、その太さも長さも日秋の想像をはるかに超えていた。

日秋自身のものより確実に一回りは大きい。人間というよりも獣のそれだ。重たげにぶら下がる陰嚢《いんのう》も、幾筋もの血管を浮かび上がらせて反り返った肉茎も、子どもの拳くらいありそうな先端も、着実に雌《めす》を串刺しにし、孕ませるための凶器である。

「ハ……ッ、はぁ、……はぁっ……」

思わず逸らしてしまいそうになる目は、ぎらつきを増した青灰色の双眸に引きずり寄せ

られた。烈は荒い息を吐きながら満足そうに唇を吊り上げ、右手で雄を扱《しご》き始める。

「…は…ぁっ、は…っ、…日秋…」

「っ……」

「好きだ…、…日秋っ……」

長く節ばった指に数度扱かれただけで、雄はさらに猛《たけ》り狂い、先端からぼたぼたと大量の先走りを垂れ流した。

……嘘だろ、まだ大きくなるなんて……。

口の奥から自然に唾が湧いてくる。濃厚な雄の匂いが鼻を突いた。奇妙な息苦しさを覚え、日秋は喉を締め付けるネクタイを緩める。

するとしゅっ、と空を切る音がして、ネクタイの感触が消え失せた。

「はぁっ、はぁっ、……ああ、……日秋、……日秋」

烈は左手に握り締めた何かに高い鼻先を埋め、くんくんと匂いを吸い込みながら雄を扱き立てている。あれは…日秋のネクタイだ。あの一瞬でむしり取ったらしい。

「日秋、日秋、日秋っ……」

それだけしか知らないかのように、烈は日秋を呼び続ける。指一本触れられていないにもかかわらず、日秋の身体はひとりでに震えた。…恐怖ではなく、疼きにも似た甘い感覚で。

……匂いだけで、あんなに興奮するのなら……。

ふと脳裏をかすめた誘惑のまま、日秋はスーツの上着を脱いだ。一つ、二つ、三つ。ゆっくりとシャツのボタンを外すたび烈は前のめりになり、雄を揉みしだく手の動きも激しくなっていく。

「あ、ああ、あ、あ……」

物欲しそうに開いた口から、烈はよだれをしたたらせた。もはや意味のある言葉を紡ぐ余裕も無いらしい。

でも、何の問題も無いのだ。日秋にはわかってしまうから。烈が何を望み、日秋に何をして欲しがっているのかを。

日秋は無意識に微笑み、シャツの裾をウエストから引き抜いた。

「……う、うぁあっ！」

ぱらりとシャツの前がはだけたとたん、熟しきった先端は暴発し、おびただしい量の精液をほとばしらせた。すさまじい勢いで発射されたそれは日秋のスーツのズボンやベルト、そしてはだけたシャツから覗く腹までも汚していく。

「あ…、…っ……」

――熱い。それに何て量だ。日秋も自慰くらいするが、どれだけ多い時だってこの半分以下だろう。こんなところにまでアムリタのナノマシンが影響しているのか。それとも烈

の持って生まれた素質なのか——はたまた両方か。

「あ、……は、…るあき、……日秋、日秋……」

はぁはあと荒い息を吐きながら、烈はぎらついた目で日秋の胸のあたりを凝視している。つられて視線を落とせば、飛び散った精液がシャツに染み込み、濡れた布地から乳首がうっすら透けてしまっている。

烈の手の中のものがたちまち漲《みなぎ》っていくのを、日秋は呆然と見守った。精液に濡れ、てらてらと光る雄はさっきよりもいっそう逞しく、禍々《まがまが》しくすらある。けれど恐れよりも優越感がわずかに勝るのは、青灰色の双眸が狂おしいまでに日秋だけしか見詰めていないからだろう。

「…触って…、触って、いいか…」

獣が無理やり人間の言葉を紡いでいるような、ぎこちなくかすれた声で烈は懇願する。膨らみきった切っ先と唇から、大量のよだれを垂らして。

「あんたの中で出したい…。あんたの中でしか、いきたくねえ…っ…」

はねつけてしまうことも出来た。…そうするべきだった。マスターとスレイブだからではない。父を殺したかもしれない男と肌を重ねるなんて、父に対する裏切りもいいところだ。

「……好きに、すればいい」

なのに受け容れてしまったのは、予想がついたからだ。…日秋に拒《こば》まれれば、烈は首輪に仕込まれた爆弾が爆発するまでもなく命を絶ってしまうと。

──そんなのは嫌だ。

烈を死なせたくない。…日秋の身も心も必死に守ろうとしてくれた、この男の熱に焼かれてしまいたい。

『あの爆破事件には、警察内部の人間が関与しているかもしれない』

『スレイブを発案したのは北浦だった』

『北浦は自分が発案者であることを、日秋に黙っていた』

今は、何もかも忘れて──。

「お、……お、おお、……おおおおおおおおっ！」

歓喜の雄叫びがびりびりと部屋じゅうの壁を振動させる。烈は椅子を蹴飛ばす勢いで日秋を抱き上げ、荒々しく床に押し倒した。みし、と背中が痛みを訴えると同時に、覆いかぶさってきた烈の首輪のランプが黄色く点灯する。

「…烈っ…」

「ぐ、……っ！」

バチバチィッ、と首輪が青白い閃光に包まれた。マスターがスレイブから暴力を与えられたと判断し、パニッシュメントが警告の電撃を放ったのだ。警告だから電流は致死量よ

り抑えられているが、苦痛は相当なもののはずなのに。

「……ぐぁ、あああああ！」

烈は床についた両手を突っ張らせ、電撃に耐えた。真下で見せ付けられる日秋の方がどうにかなってしまいそうだ。日秋のせいで烈が酷い目に遭っているのに、何も出来ないなんて。

電撃は十数秒ほどで止まった。いくら烈がアムリタの強化ナノマシンを投与されていても、かなりのダメージを受けたはずだ。しばらくは動けないだろうという予想に反し、烈は乱れた前髪をかき上げ、ニイッと笑う。

「…あんたの父さんは、あんたと同じで優しいな」

「れ、…烈、大丈夫なのか…？」

「ご主人様を美味《おい》しく頂けるってのに、この程度の痛みで怯むイヌなんて居るかよ。俺を止めたいなら、首ごと吹き飛ばすくらいやらねえとな」

おもむろに上体を起こした烈の股間で、雄は誇らしげに反り返っていた。本能的な恐怖に襲われた日秋が後ずさろうとすると、両脚の太股《ふともも》を掴まれ引き寄せられる。

「…ま、俺は首だけになっても、あんたを咥《くわ》えて逝《い》くけどな」

「あ、……!?」

がばりと広げられた股間が、一瞬で空気にさらけ出された。烈がその驚異的な膂力《りょりょく》で

下着ごとスーツのズボンを破り捨てたのだ。

　剥き出しになった性器は烈のものと同じ器官とは思えないほどささやかで、緊張のため縮こまってしまっている。劣等感に苛まれる日秋をよそに、烈は青灰色の双眸を爛々と輝かせた。

「あ…あ、…日秋、……日秋ぃっ！」

「…あ…ぁっ…!?」

　何のためらいも無く日秋の股間に顔を埋め、烈は萎《な》えた性器にかぶりつく。熱くぬめる粘膜に陰嚢ごと包まれ、甘く食《は》まれた瞬間、今まで味わったことの無い快感が背筋を這い上がった。

「…う、…あ、……あっ、…あ……」

　むちゅ、ぐちゅ、と烈が頬をすぼめて肉の感触を堪能するたび快感は波のように打ち寄せ、背筋を蕩かしていく。

　このままでは下肢ごと溶けてなくなってしまいそうな恐怖に襲われるが、日秋は烈を突き放せなかった。下手に拒絶して、またパニッシュメントが烈に警告を与えたら――あんなこと、もう二度とごめんだ。

「あっ、…ああっ、んっ、あ、ああ…」

　宙をさまよっていた手が烈に捕まり、股間でうごめく頭に導かれる。少しぱさついた黒

髪をきゅっと掴めば、烈の動きはますます大胆になった。先端のくぼみを舌先でつつき、こじり、わななく肉茎を絞り上げる。

「…あ、……あー……っ！」

生来淡白な性質の日秋はなすすべも無く追い詰められ、絶頂に達した。噴き出した精液を、烈は美味そうに飲み込んでいく。脈打つ肉茎を口内で執拗《しつよう》に扱き、一滴も出なくなるまで搾《しぼ》り取りながら。

「は、ああ……」

ゆっくりと上げられた顔は、狂喜に輝いていた。電撃のせいで赤く爛《ただ》れかけている首筋に、日秋はとっさに手を伸ばす。

「……痛い？」

絶頂したばかりの声は少しかすれ、子どものようにたどたどしかった。烈は伸ばされた手をそっと握り、愛おしそうに微笑む。

「痛くなんかねえよ。このくらい、あと百回だってへっちゃらだぜ」

「でも…」

「大丈夫だ。……ほら」

痛々しく爛れかけていた首筋が、みるみるうちに癒えていく。さっき銃創を癒やした時よりもなお速く、首筋は健康な肌を取り戻した。

「…良かった」

普通の人間ではありえない。異常な事態なのに、何も恐ろしくなかった。…むしろ嬉しかった。烈がもう痛みに苦しまなくていいのだから。

「日秋……っ…」

烈はようやく母親に見付けてもらえた迷子のように顔をゆがめ、やわらかな内腿に吸い付いた。ちゅ、ちゅうっとあちこち何度も吸っては噛み、噛んでは吸っていくうちに、内腿はたちまち紅い痕だらけにされてしまう。

「や、あっ、烈、…烈っ…」

「好きだ、日秋、好きだ……ずっとあんたにこうしたかったんだ……」

すっかり自分の色に染め上げなければ気が済まないとばかりに、烈はもう片方の内腿にも紅い痕を刻んでいく。両方が痕と唾液まみれになると熱い息を吐き、日秋の太股を持ち上げる。

「ひ…ぁ……っ！」

宙に浮かんだ尻のあわいに、熱い舌が這わされる。ぞくりと背筋が震えた。自分とつながる具合のいい穴にするため、烈は誰にも触れさせたことの無い蕾《つぼみ》を解し、拡げようとしているのだ。

ぶらぶらと宙に揺れるかかとで蹴り付けてしまいたい衝動を、日秋はぐっと堪えた。受

け容れる器官ではないそこに慣らされもせずあの巨大なものをぶち込まれたら、裂けてしまいかねない。マスターの激痛を感知したパニッシュメントは、警告では済まないレベルの電撃を与えるだろう。

つまりこれは烈のためでもあるのだ。烈にまたあの苦痛を味わわせたくなければ、痛みを感じないくらい濡らして、とろとろに蕩かしてもらわなければならない。

「…れ、……っ」

ぴちゃ、ぐちょ、…ぐちゅり。

耳をふさぎたくなる淫らな水音がやんだ。消え入りそうな囁きを、烈の高性能な耳は敏感に拾ったらしい。

ぎらぎら光る青灰色の瞳が日秋を射た。何を言われても、パニッシュメントの電撃に貫かれようとやめる気は無い。無言の訴えが伝わってくるが、日秋とて今さら止めたりはしない。

「あの、……に、してくれ」

「……は…っ……？」

「だから、…僕を、四つん這いにしてくれ！」

死んでしまいそうな羞恥を堪えて叫んだのに、烈はぽかんと目を見開いたまま微動だにしない。

気恥ずかしさのあまり震え出しそうになった時、ぐるりと視界が回転した。

「……ひ…っ、あぁ!?」

尻のあわいに再び舌が這わされる。…いや、入ってくる。べっとり濡らされたすぼみの肉をかき分け、ぬらぬらと媚肉を舐め上げながら。

「あ、あっ、んぁっ…」

大きく揺さぶられながら喘ぐたび、額が床にぶつかる。願った通り四つん這いにされ、尻を解されているのだと日秋はようやく気付いた。尻だけを高々と持ち上げられ、尻たぶを広げられて。

「は、……んっ…!」

想像するだけでも消えてしまいたくなるくらい恥ずかしい。けれど日秋は力の入らない腕を床につき、少しでも烈が舐めやすいよう尻を突き出した。

……烈を、苦しめないためだから。

何度も自分に言い聞かせるうちに、わからなくなってくる。これは本当に烈のためなのか。ただ気持ちいいだけではないのか。…肉襞を熱い舌によって丹念に伸ばされ、唾液を塗り込まれ、排泄《はいせつ》のための器官からもう一つの性器に変えられてしまうのが。

腹の中にすっかり埋もれた舌が歓喜に震える。尻たぶに指を食い込ませ、鼻先をふんすかとひくつかせながら、烈は媚肉を舐め回した。ふっ、ふっ、と興奮しきった熱い鼻息が

尻のあわいに吹きかけられる。

「あ…っ、…あん…、あ…っ、あ、そこっ…」

いつしか日秋も烈の動きに合わせ、腰を揺らめかせていた。ぽたぽたと床に落ちているのは烈の先走りか、それとも蕾からしたたる唾液なのか。

名残惜しそうに出て行った舌の代わりに指を差し入れられても、違和感も痛みも無かった。長い指になぞり上げられ、隘路《あいろ》をぐいぐい拡げられていく。

「ん、……あっ！」

内側の少し膨らんだあたりを硬い指先がかすめると、今までより強い快感が走り、びくっと背中が勝手にのけ反った。一滴残らず搾り取られ、萎えた性器がぶるりと震える。

「な、…にそこ、……あ、……あぁっ!?」

「あぁ……、ここがあんたのいいところか」

恍惚《こうこつ》とした囁きと吐息が尻たぶに吹きかけられる。ぐにゅうっと入り口を拡げられる感覚がして、腹の中の圧迫感が増した。烈がもう一本指を挿入したのだ。

「…や…っ、んっ、ああ、あっ」

むちゅうっ、と尻のあわいに肉厚な唇を押し当てられる。思いがけない熱さに喘ぐ間も無く、唇は蕾に下りていった。拡げられた縁を尖らせた舌先でほじり、隙間からするりと侵入を果たす。

「あ、ああ…っ、ん、やぁっ……」

まるで下の口にディープキスをされているようだった。しかも腹の中を容赦無く探られ、いいところをぐりぐりと抉られながら。今、自分がどんな姿をさらしているのか、想像するだけで居たたまれなくなる。

「…あんっ！　や、…っそこ、もう、お願いだから…っ…」

日秋は必死に背後を向き、哀願した。…やめろと命令は出来なかった。烈は絶対にやめないとわかっていたから。命令違反をさせたら、またパニッシュメントの罰が下されてしまう。

「…やめられるわけ、ねえだろ」

烈は捕食者の笑みを浮かべ、ぺろりと濡れた唇を舐め上げた。その間もいいところをいじる指は止めてくれない。むしろ日秋と眼差しが合ったのを好機とばかりに、ぐちょりと濡れた音をたてて媚肉を抉る。

「あ、あぁぁっ…！」

「こうやってあんたを抱けるチャンスなんて、もう二度と無いかもしれないんだ。…十年分、たっぷりヤらせてもらわねえとな」

ぐち、ぐちょっ、ぐぽり。

粘ついた水音が鼓膜を濡らすたび、指は奥へ奥へと進んでいく。いいところを執拗に抉

る指と、唾液を塗り込めながら肉の隘路を左右に拡げる二本の指。いつの間にか三本も銜《くわ》え込まされていたらしい。

……こいつ、僕を抱くのは最初で最後だと思ってるのか？

冷静に考えれば、烈の方が正しいのだ。杉岡のような例外を除き、圧倒的優位に立つマスターがスレイブに身を任せることは基本的に無い。スレイブとて、苦痛を味わわせれば即座に電撃を喰らう危険を冒してまでマスターを抱こうとは思わないだろう。

けれど今の日秋は、頭の隅まで初めての快感に侵されていた。

「……また、抱いていいから……」

そうとしか思えない。さもなくばどうして自ら烈の指にいいところをなすり付け、懇願するのか。

「お前のしたい時に、抱いていいから。……だから、もうっ……」

泣きながら訴えた瞬間、腹を我が物顔で侵していた指が一気に引き抜かれた。

願いを聞き届けてもらえたのだと安堵するのはまだ早い。まだ閉じきれない蕾に、焼けそうなほど熱くずっしりとした肉の先端があてがわれる。拡げられたとはいえ、まだ狭いそこに受け容れるには大きすぎる雄はさっきよりも怒張し、張り巡らせた血管を脈打たせ、収まるべき場所を求めよだれを垂らしていた。

ひゅっ、と喉が不吉な音をたてる。

「烈っ……！」

まだ駄目だと叫ぶより早く、先端が蕾に突き立てられた。…規格外の大きさだということは見てわかっていたつもりだった。でも、身をもって味わうそれは正しく凶器だった。…いや、狂気だろうか。こんなものを尻にねじ込んだら、痛みが、……痛みが！

「あ、……ひぁ、ああ…っ……！」

みしり、と全身の骨が軋む。

日秋は反射的に前へ這いずって逃れようとしたが、背後から腰を鷲掴みにする手が許してくれなかった。すさまじい力で引き寄せられ、否応無しに先端をめり込まされていく。限界を超えて拡げられた粘膜に痛みが走る。

――バチィッ！

火花の弾ける音がして、日秋の下肢を抱え込む手が大きくけいれんした。マスターが危害を加えられたと判断し、パニッシュメントが警告を発したのだ。

けれど烈は腰をいっそう強く押し付け、ぐいぐいと先端を呑み込ませていく。日秋は必死に痛みを堪え、身体の力を抜いた。何があろうと烈は止まらないだろう。ならば日秋が烈の負担を減らしてやるしかない。

「う、……あっ……」

肉の輪の抵抗をねじ伏せた先端がとうとう中に潜り込んだ。だが中途半端に馴らされた

媚肉はみちみちと軋み、痛みをもたらす。

「れ、…つ、……中に、出して」

鳴りやまないスパークの音にぽろりと涙をこぼし、日秋はねだった。ついさっきまで誰も知らなかった蕾を大きすぎる雄に蹂躙され、尻を振る自分が欲望に支配されたイヌの目にどう映るかなんて、想像もしなかった。

「お前の、…精液、……僕の、中に……っ」

「……お、………！」

電撃の閃光に耐えながら、烈は咆哮《ほうこう》した——のだと思う。すぐさま広がった熱の奔流《ほんりゅう》に全ての感覚を持って行かれ、耳などまるで役立たなかったけれど。

「…や…っあ、あ、ああっ、あ……！」

敏感な粘膜を焼き拡げる精液の量に、日秋は全身をわななかせた。見て確認は出来ないけれど、さっきシャツにぶっかけられた時よりも絶対に多い。尻がびくんびくんと震えるたび、粘ついた液体が肉襞に絡みながら染み込んでいく。

『俺のコレをあんたの尻にぶち込んで、あんたの腹が孕んだみたいになるまで精液を注いでやりたいって言ってるんだよ』

あの台詞は誇張でも何でもなかったのだ。

烈のことだからきっと一度や二度では満足しない。満ち足りるまで中に出されてしまっ

たら、いったいこの腹はどうなってしまうのか…。

「……日秋……」

長い時間をかけて放出を終え、烈は侵略を再開した。媚肉をびしょびしょに濡らした精液のおかげで、雄は最初よりもはるかになめらかに日秋を侵していく。果ててすぐ回復した雄に、日秋はもはや疑問すら抱かなかった。日秋の中を烈の遺伝子で満たすまで、この雄は絶対に衰えない。

日秋の細い腰をがっちりと掴み、烈は愉悦に喉を鳴らす。

「は…っ…、信じらんねえ…」

「う、……は、……あぁっ……」

「本当にあんたを…、孕ませてるなんて…っ…」

掴んだ腰を時折揺さぶるのは、自分を犯す存在を日秋に教え込むためだろうか。そんなことをしなくたって、わかるのに。日秋の奥まで来られるのは烈だけ。…日秋が受け容れてやるのも、烈だけだと。

やがて肉杭を根元まで収めると、烈は日秋の背中にやおら覆いかぶさってきた。床についた手に、そっと指を絡ませる。容量をはるかに超える雄を無理やり銜え込ませているとは思えないほど優しく、壊れ物を扱うかのように。

「……愛してる」

「あ、…ぁっ、だ、駄目、駄目っ…」

　日秋はいやいやと首を振った。耳朶《じだ》を軽く食まれながら突き上げられるだけで、電流にも似た快感に下肢をぐずぐずに蕩かされそうになる。おかしくなってしまいそうで怖いのに、烈は何故か嬉しそうに笑う。

「電撃が来ないってことは、ちゃんと気持ち良くなってくれてるってことだよな？　……俺のこれで」

「ひ、ああ、あっ！」

「ははっ…、夢みたいだけど、夢じゃねえんだな。だってあんたの中、妄想してたよりずっと熱くて気持ちいい…」

　ぐちゅ、ずちゅ、と烈は腰を躍らせ、深いところを執拗に突きまくる。攪拌《かくはん》された精液が奥へ奥へと塗り広げられ、滾《たぎ》る雄の動きをいっそうなめらかにしていく。

　どくん…、どくん、どくんっ……。

　腹の中の烈と日秋の鼓動が重なる。今にも腹を内側から突き破られてしまいそうな圧迫感こそすさまじいが、痛みは無いことに安堵した。…これで烈も、パニッシュメントの罰を喰らわずに済む。

「ん……っ…」

　あえかな微笑みの気配を目敏く見付けた烈に顎を掬われ、強引に振り向かされるや、か

ぶり付くように口付けられた。腹の中を烈でいっぱいにされているのに、口の中がからっぽなのは寂しい。おずおずと開いた唇の奥に、烈はすかさず熱い舌を差し入れてくれる。

「…ふ…ぅっ…、ん、……」

口内と腹の奥を同時にかき混ぜられ、頭の中でいくつも白い光が弾ける。

――好きだ、日秋。好きだ好きだ好きだ……！

狂おしい雄叫びが鼓膜の奥に響いた。日秋の唇を無心に貪《むさぼ》っている烈が声を出せるわけがない。…ならばこの声は、いったいどこから？

激しい揺さぶりに耐えようと手に力を込め、日秋は気付いた。左手の薬指に嵌められたマスターデバイスが高い熱を帯びていることに。上昇した体温を吸ったせいだろうか。それにしてはやけに熱い気がするが…。

――俺のだ。日秋は俺の。俺が孕ませたんだから俺のものだ。誰にも渡さない。俺だけの日秋だ。俺の俺の俺の俺の俺の俺の――。

再び響いた叫びに脳細胞を埋め尽くされ、すぐに何も考えられなくなった。可能なのは痛みと紙一重の快楽を貪り、従順に腹を突き上げられることだけ。そうして翻弄される間にも、息苦しさが増していく。鼻でしか息が出来ず、喘ぎすら烈に奪われるせいだ。

……苦しい！

「…っは…！　あ、はあ、…はぁ、……っ…」

絡められた指をきつく握って抗議すれば、烈は唇を離してくれた。だが念願の酸素を大量に吸い込めたのは、せいぜい十数秒の間。ごくりと喉を鳴らした烈に、たちまち呼吸を奪われてしまう。

——日秋が悪いんだ。日秋がエロすぎるから。濡れた口を、あそこみたいにぱくぱくさせやがって…。

聞こえないはずの声がまた届き、日秋は頬を真っ赤に染める。自分自身では決して見えない、烈を銜え込んだ蕾。そこと似ているなんて、まるで唇までも性器に変えられてしまったみたいではないか。

——こっちの口からも、絶対、俺のを飲ませてやる…尻も腹も、俺のでたぷたぷにしてやりてえ……。

舌をからめとられ、容赦無く味わわれる。流れ込んでくる二人分の唾液を飲み下せば、ごくん、と烈の喉が上下した。これ以上大きくならないと思っていた腹の中の雄がひときわ膨張し、いっそう息苦しくなる。

……あんなものが、僕の中に……。

見せ付けられた雄の凶悪なまでの威容《いよう》が頭をよぎる。こみ上げた悪寒はすぐさま媚肉を擦る先端に散らされ、代わりに快感の嵐がもたらされる。

最奥にたどり着いた雄がぶるりと胴震いをした。これ以上は本当に孕まされてしまう。

日秋はとっさに手を突っ張るが、間に合わない。熱の奔流が敏感な媚肉をしたたかに殴り付ける。

「……ん、……ぅ、……っ！」

腹を内側から破られる幻想に襲われながら、日秋は意識を手放した。

『日秋』

懐かしい声が誰のものか、一瞬わからなかった。夢の中の父はいつだって炎に包まれ、日秋を恨めしそうに責め立てていたから。

『おいで、日秋』

愛用のゲーミングチェアに腰かけた父が、優しく微笑みながら手招きをする。座り仕事のせいで最近太りぎみだと気にしていた、亡くなる直前の父だ。たたっと駆け寄る日秋もまた、十代の少年の姿をしている。

『…父さん、これは何？』

モニターに表示された英文の羅列に、日秋は首を傾げた。幼い頃から父の手解《てほど》きを受けていたので、これが何かのソースコードだということはわかる。けれどこのコードは、単体では何の意味も無く、メインのプログラムがあって初めて動作するものだ。肝心なその

メインプログラムはどこなのだろうか。

『これはね、……だよ』

『え？』

『私は過《あやま》ちを犯してしまった。…取り返しのつかない過ちを。だから日秋、頼む…』

――『　　』を、止めてくれ。

父の悲しげな笑顔が遠ざかってゆく。…駄目だ、待って。もう少しだけでいいから声を聞かせて。日秋は懸命に走るが追い付けない。見えない波が日秋を呑み込み、彼方へとさらう。

『待って……』

やっと会えたのに。…十年ぶりに話せたのに。

「……待ってよ、父さん！」

日秋は泣きながら必死に手を伸ばし――その格好のまま覚醒した。頬を伝う涙の感触がこれは現実だと教えてくれる。

……夢を、見てたのか？　でも……。

十年間、ずっと精神をむしばんできた悪夢とはまるで違う夢だった。…あんなことが十年前にあっただろうか。爆発事件で亡くなる直前の父は何かとふさぎがちで、笑うことも無くなり、母と日秋を心配させていた。そうだ、北浦もたびたび励ましに来てくれて…父

と二人、書斎に閉じこもり、長い間話していたような…。

……あれ……？

次々と浮かび上がってくる記憶に、日秋は戸惑う。こんなこと、これまで思い出しもしなかった。…いや、忘れていた。まるで真っ黒な布に覆い隠されていたかのように、そこだけ記憶がすっぽり抜けていたのだ。そしてそのことを、今まで疑問にも思わなかった。あんなに父の夢を見ていたのに。

どういうことだと思考を巡らせようとした時、背後からぎゅっと抱き締められた。無防備な腰に、熱く猛ったものが押し当てられる。

「……まだ起きるには早いぜ、日秋」

濡れた舌に耳朶を食まれ、かすれた声を吹き込まれる。びしりと固まる日秋の腹を、大きな掌がからかうように、けれどひどく愛おしそうに撫でた。

「それとも、足りなかったのか？　だったらまた、あんたが満足するまで…」

「…た、足りてる。足りてるから…！」

日秋はぶんぶんと頭を振り、伸ばしたままだった手を引っ込める。素直に力を抜き、身体を背後にぴったり寄り添う男に任せた。嬉しそうに笑う気配がして、抱き締める腕に力がこもる。

「日秋。…俺の日秋…」

すりすりと擦り寄せられる頬を、日秋は無心で受け容れた。少しでも抵抗すれば、パニッシュメントがまた罰を下すかもしれない。

「日秋、日秋……」

日秋がおとなしいのをいいことに、烈はおとがいから首筋へ、背中へと唇を滑らせていく。はあはあと荒い鼻息を吹きかけられながら、日秋は薄暗い室内を見回した。ここはどうやら寝室のようだ。ブラインドの隙間から朝日が差し込んでいる。

自分で移動した記憶は無いが、烈が運んでくれたのだろうか——記憶をたぐり、日秋は赤面した。…思い出してしまったのだ。ここに運ばれるまでのひと悶着を。

『……もう、駄目。もう死んじゃう』

恥も外聞も捨てて懇願する日秋は、比喩ではなく全身を烈の精液まみれにされていた。猛る雄を何度も咥えさせられた唇にも、ぶちまけられる熱い飛沫《しぶき》を受け止めさせられた顔面にも精液がこびりつき、首から下も紅い噛み痕と白い粘液にくまなく汚された。それでもまだ足りないとばかりに突き上げられている腹は、烈の宣言通り限界を超えて注ぎ込まれた精液でわずかに膨らんで見える。雄を抜かれたら、とめどなく溢れ出るだろう。

『大丈夫だ、死なせねえ』

胡座《あぐら》をかいた膝に日秋を乗せ、つながったままの雄で真下から突き上げる烈は、疲労するどころかますます生気に満ち満ちている。

『あんたはずっとこうして俺を銜え込んでいりゃあいい。…そうすればもう、命を投げ捨てるような真似なんて出来ねえだろ』

『あ、ひっ…、あっ』

『腹が減ったら俺が美味いもの食わせてやるし、風呂にだって入れてやるし、どこでも好きなところに連れてってやるから。……なあ、いいだろ?』

　そういうことじゃないと叫びたかったが、絶妙のタイミングで唇をふさがれて叶わなかった。キスのされすぎで唇が腫れぼったい。このまま烈の好きにさせていたら、苦痛を感じぬまま衰弱死してしまうかもしれない。

　恐怖にかられ、日秋は残されたわずかな力を振り絞って烈の首筋に縋り付いた。この男は日秋が甘える仕草をすると、てきめんにめろめろになると学習していたのだ。

『何だ日秋、どうした?』

　案の定烈は青灰色の双眸を細め、日秋の尻をいやらしく撫でる。そこも烈の腰を打ち付けられすぎたせいで、少し腫れてしまっているのだが。

『…疲れた。もう寝たい。ベッドに連れていって』

『でも、まだここがいっぱいになってねえ』

　尻を撫でていた手が腹に滑ってくる。揺さぶられるたび腹の中からちゃぷちゃぷ音が聞こえるくらい注ぎ込んだくせに、まだ中に出すつもりなのか。恐怖と苛立ちを覚えたが、

烈にパニッシュメントの罰を喰らわせたくなければ、やめろと命令は出来ない。きっと烈もそれを理解した上で、日秋を犯しているのだろう。

『…ベッドに連れていってやったら、キスしてくれるか？』

しばし悩んだ末、烈はおずおずと申し出た。キスなんて何度もしたじゃないかと反論しかけ、はたと気付く。…そう言えば、日秋から口付けてやったことは一度も無かったかもしれないと。

キス一つで解放されるのなら安いものだ。頷いたとたん、烈は立ち上がった。…日秋とつながったままで。

『あ、……こらぁっ！』

ぐちゅりと中を抉る雄の角度が変わり、咎めるはずの声は甘く蕩けた。烈は唇をいやらしくゆがめ、軽々と持ち上げた日秋を揺らす。ぽってり腫れたいいところを硬い先端に擦られ、身体がびくんびくんとけいれんしてしまう。

『待ってろよ。すぐベッドに連れてってやるからな』

肩口をきつく吸い上げ、のしのしと歩き出した烈は鬼だと思った。烈の長い脚が床を踏み締めるたび振動が雄に伝わり、とろとろに蕩けた腹をかき混ぜられ、治まりかけた快楽を無理やり引きずり出されそうになってしまう。股間のものは項垂れて久しく、一滴の雫すらこぼせない有様だというのに。

寝室のベッドにつながったまま横たえられた時には、もはや自分では指一本動かせなくなっていた。呼吸をするのがせいいっぱいなのに、烈は約束だからと容赦無くキスをねだった。ぶち切れずに口付けてやった自分は、誉められていいと思う。

『……お休み、日秋。後は俺が全部やっておくから、ゆっくり眠れよ』

失神同然に眠りに落ちる寸前、そんな優しい囁きを聞いた気がする。

烈は約束を守ってくれたのだろう。互いの体液でべとべとだった身体は綺麗に清められているし、溢れ返るほど注がれた精液もかき出してくれたようだ。未だに何か太いものを銜えさせられているような異物感は残っているが。

「…あ、……んっ!?」

恥ずかしい記憶に震えていたら、厚かましい手はするりと日秋の股間に忍び込み、肉茎を握った。昨日さんざん搾り取られたそこは朝を迎え、熱を孕んでいる。

「あんたも朝勃ちとかするんだな…。やべえ、めっちゃ興奮する…」

「な…っ、にを、…烈っ…」

「何って、……わかるだろ?」

尻のあわいに擦り付けられた雄は、すでに恐れを覚えるほど熱く充溢していた。よだれを垂らす先端で蕾をつつかれ、日秋はぞくんと背筋を震わせる。

「自分で抜くより、俺のを銜え込んで思いっきり鳴きながら出す方が絶対気持ちいいぜ」

くつくつと鳴る烈の喉の振動が、項に伝わってくる。…そうだ、日秋はわかっている。一晩かけて教え込まれた。太い雄に貫かれ、極める最高の快感を。あれに比べたら自慰で得る快楽なんてささいなものだ。

「なあ、……いいだろ？」

ぞっとするくらい甘く優しく、烈はさえずる。

「あんたの中でイきたいんだ。…あんたは狭くて熱くて柔らかくて最高だった。あんたを知っちまったら、他じゃ満足出来ねえよ」

「う…、…あっ…」

濡れた切っ先がほんの少しだけ蕾にめり込む。このまま力を抜けば、雄の逞しさを覚え込まされた媚肉はたやすく根元まで雄を迎え入れるだろう。猛々しい腰の動きに身を任せたら、頭が真っ白になるほどの快感を貪れるに違いない。

「中に入って、……いいよな？」

獣の甘い催促に頷きかけた時、ヘッドボードに置かれた時計が視界に入った。午前七時三十分。時刻を理解するや、日秋はがばりと起き上がる。

「日秋…？　また俺を銜え込んでぐっちょぐちょになってくれるんじゃなかったのか!?」

「いつ誰がそんなことを言ったんだ。あと一時間で支度して出ないと、遅刻しちゃうじゃないか！」

昨日、烈と共に帰宅したのは確か午後六時過ぎくらいだった。寝室に運ばれた頃はまだ外が暗かったから…半日近く交わっていたということか。受け身の日秋よりはるかに体力を消耗したはずなのに、烈はぴんぴんしている。

……なんてタフさなんだ。これもアムリタのナノマシンの影響なのか？

そら恐ろしさを覚えつつ、日秋はベッドから下りた。生まれたままの姿に烈が粘ついた視線を絡み付かせているのに気付き、剥《は》がしたシーツを巻き付ける。

「日秋ぃ……」

情けない表情で烈が勃起したままの雄を指差すが、付き合ってやる義理は無い。ご褒美の時間は終わったのだから。

「自分でどうにかしろ。僕は忙しい」

そんなぁ、と烈は死にそうな声を出したが、日秋は無視して寝室を出た。ちらりと振り返ったらすごすごと寝室に備え付けのトイレに入っていくところだったから、自分で慰めるのだろう。…日秋の枕を持って行ったのは、見なかったことにしてやる。

……昨日襲ってきたのは、やはりスレイブだったんだろうか？

バスルームで熱いシャワーを浴びながら、日秋は考える。

異様に身体能力の高いただの人間という可能性も無いわけではないが、そんな人間に襲われる覚えは無い。逆恨みした犯罪者が警察関係者を襲うのはよく聞く話ではある。しか

し日秋は配属されてまだ一月も経たない新人であり、昨日は私服のスーツを着ていた。警察官だと見抜くのはほぼ不可能だ。

……それに、あいつ…僕が『来るな』って叫んだら従った……。

過去にも二度、同じことがあった。日秋のスレイブではない弐号とアンバーが、無意識に放った命令に従った。ならばあの襲撃者もスレイブである可能性が高いが、日秋がずっと抱き続けている疑問に行き着いてしまう。…そもそも何故烈以外のスレイブが日秋に従うのか、という。

Ｃｈａｉｎに何らかの不具合が発生しているのか？　いや、それならシステム管理者が即座に修正するはずだ。

佐瀬に報告するのが一番早いのだろうし、五課のメンバーとしてもそうするべきなのはわかっているのだが、どうしても気が進まない。十年前の爆破事件に関わったかもしれない警察内部の人間――それが佐瀬ではないという証拠は無いのだから。

…いや、佐瀬だけではない。勝野も別所も杉岡も…北浦も、自分以外の警察の人間は全て疑ってかからなければならないのだ。

「……北浦さん……」

亡き父の親友。…父の死後、誰よりも日秋を可愛がり育ててくれた恩人。

……あの人だけは違う。爆破事件になんて関わるはずがない。

日秋はぶるりと頭を振って髪の水分を飛ばし、バスルームを出た。洗面台の鏡に映る裸身にはくまなく烈の噛み痕が刻み込まれており、頬がかあっと熱くなる。今が夏でなかったことに感謝だ。

「お、日秋。ちょうどいいところに」

身繕いを済ませてリビングに行くと、テーブルに湯気のたつ皿が並べられていた。スクランブルエッグを載せたリゾットにコーンスープ、そしてコーヒーがそれぞれ二人分。

「……これは、何だ？」

「何だって、朝飯だよ。ろくな食材が無かったから、こんなもんしか出来なかったけどな」

「まさか…、…お前が作ったのか？」

「俺しか居ねえんだから、当たり前だろ」

あっけらかんと言われ、日秋は驚いた。引っ越してきたばかりで食材なんてほとんど置いていないのに、こんな短時間にこれだけの食事を作れるなんて。仕舞い込んであった米や粉末スープを使ったそうだが、どうやって作ったのか想像もつかない。

「さ、食べようぜ。時間ねえんだろ？」

「あ、……ああ」

せっかく作ってもらったものを朝食は取らない習慣だからと断ることも出来ず、日秋は椅子に座った。烈も向かい側の席につく。

「……美味しい」

恐る恐る口にしたリゾットは、思わず呟いてしまうほど美味しかった。しっかり聞き付けた烈がにぱっと嬉しそうに笑う。

「だろ？　俺、飯作るのけっこう自信あるんだぜ」

「……そう、か」

世界的犯罪者の烈がどうして調理の技術など身に着けたのか。おそらくアムリタに拉致される前、スラム街の仲間たちに作ってやっていたのだろう。

「これからは俺が美味いもんたくさん作ってやるから、食材買ってくれよ。あんたも毎朝こんなもんばっかり食いたくないだろ？」

「いや、僕は普段朝食を食べないから、これでじゅうぶん…」

「朝飯食ってないのか!?」

信じられない、と烈は黙っていれば端整な顔を驚愕に染めた。日秋をじろじろと眺め回し、うん、と納得したように頷く。

「だからあんた、そんなに細えんだな。任せとけ、むっちり肉を付けさせてやるよ」

「僕は標準体型だ。昼と夜はちゃんと食べてる」

「朝も食べねえと、やってけないぜ？」

烈はすっと身を乗り出し、日秋の唇を指で拭った。すぐに離れていった指先には、リ

ゾットの米粒が付いている。

「…これからはずっと、俺と一緒なんだからな」

ねっとりと米粒を舐め取る紅い舌は、否応無しに昨夜の記憶をよみがえらせた。あの舌に何度性器をしゃぶられ、搾り取られたか。敏感な部分を舐めまくられ、いかされたか…。

「…っ…、言っておくけど、あんなことは昨日きりだからな」

「あんなことって？」

烈はきょとんと首を傾げ、スプーンを左右に振ってみせる。わざとらしい仕草にこめかみを引きつらせ、日秋は持っていたマグカップを置いた。

「だから、…セ、…セックスはもう二度としないからな！」

「え？　嫌だけど」

あっさり告げられた瞬間、股間に何かがめり込んだ。烈が長い脚をテーブルの下で伸ばしてきたのだ。

「…ぁ…っ、れ、…つっ…」

「あんた、言ったじゃねえか。俺の好きな時にヤっていいって……まさか、忘れたんじゃねえだろうな？」

痛みを感じないぎりぎりの強さでぐりぐりと刺激され、日秋は必死に首を振った。

『お前のしたい時に、抱いていいから。……だから、もうっ……』

忘れられるわけがない。烈の大きいものを受け容れるために尻をぐちょぐちょに解され、舌まで挿入され、羞恥と強すぎる快感から逃れたいあまり叫んだことを。

「イヌとの約束は守んなきゃならないよなあ？　ご主人様」

「あ、…んっ、や、やめっ…」

「これからも、俺がしたい時にさせてくれるよな？」

烈はずるい。日秋が命令すればすぐやめさせられると――烈に罰の苦痛を味わわせたくないと知っていてねだるのだから。

「…わかっ、…た。…わかったから、……やめてくれ…っ…」

たまらず首をこくこくと縦に動かせば、いたずらな足はようやく離れていった。日秋にきっと睨まれても、烈はそ知らぬ顔でコーヒーを啜る。日秋の二倍は盛られていたリゾットの皿は、いつの間にか空になっていた。

「……ほら、これ」

熱のこもった青灰色の目から顔を逸らし、日秋は小型のタブレットを烈に手渡した。この寮に入居する際、配布されたものだ。

「必要な食材なんかはそこから注文しておけ。僕は使ったことが無いからわからないけど、たいていのものは揃っているはずだ」

「おおっ！」

烈は目を輝かせ、次々と画面をタップしていく。品揃えには満足してもらえたようだ。リゾットを飲み込み、日秋は口を開く。

「……お前が父さんを殺していないと言ったこと、ひとまず信じることにした」

「…っ…！」

がばりと顔を上げる烈に、日秋はゆっくり首を振ってみせる。

「完全に信じたわけじゃない。まだ半信半疑というところだが…昨日侵入した第二サーバーには、お前の証言に関連するファイルが存在した」

そう、北浦のスレイブ導入提案書だ。日秋には信じられない…信じたくない情報だが、厳重なセキュリティに守られた第二サーバーにあったことが信ぴょう性を保証している。

「スレイブを……父の『遺産』であるＣｈａｉｎを捜査に導入するよう提案したのは、北浦さんだった。父の親友で、僕を育ててくれた恩人だ」

「…そいつは、今まで自分が提案者だってあんたに黙ってたんだな」

「ああ。…そして今朝、唐突に思い出したことがある」

日秋は説明した。いつもと違う夢を見て覚醒した直後、よみがえった記憶を。爆破事故に巻き込まれる直前、ふさぎ込んでいた父。ちょくちょく見舞いに訪れ、長い間書斎にこもっていた北浦…。

「つまり、あんたは親父さんと北浦が実際に何をしていたのかは見ていないんだな？」

「そう…だな。母さんがお茶を持って行くのも断って、帰るまで一度も外に出て来なかった。いつもなら僕たち家族に、リビングでたくさん話を聞かせてくれたのに…」

するすると、絡まっていた紐が解けるように閃く記憶は違和感だらけだ。帰宅する北浦を見送る父は悲しげで、北浦が訪れる前よりもいっそう憔悴《しょうすい》していたような…。

「う、…っ」

「日秋!?」

ずきりと痛んだ頭を押さえると、烈が素早く背後に回り込んできた。抱き締めようとする手を、日秋は振り払う。

「…大丈夫、だ。たぶん古い記憶が一気によみがえったせいで、頭が混乱しているんだと思う」

「よみがえる…、ねえ…」

烈はしばらく考え込み、予想外のことを言い出した。

「思ったんだが…あんたの記憶はよみがえったんじゃなく、何かがよみがえらせたんじゃないか?」

「…よみがえ、らせた?」

「十年前、あんたは十三歳だ。小さな子どもってわけじゃねえ。それが親父さんの亡くなる直前の記憶だけすぽんと抜けていて、そのことに気付かないまま十年経って、今朝いき

なりぽんぽん思い出す。客観的に見ても、すごく不自然だぞ」

「あ……」

言われてみれば確かにそうだ。父を亡くしたショックが大きかったにしても、事件の一報を聞いた時の驚きや、小さな骨壺だけの葬儀の寂しさと悔しさはきちんと覚えているのに、その直前の記憶だけまだらに抜けているのはいかにも不自然である。

なのに、今まで疑問にも思わなかったのは。

『日秋。…何か、俊克から聞いていることは無いか？』

引き取ってくれた北浦が、折に触れ尋ねてきて。

『心配しているんだよ。お前は俊克に似て抱え込みやすいから、不安なことがあれば何でも打ち明けて欲しいんだ』

優しく頼もしい言葉は嬉しかったけれど、でもかすかな棘を感じていたら。

――今は覚えていなくていい。必要な時が来たら、必ず思い出すから。

頭の奥で声がしたから。…だから日秋は、全部…大切なことを、記憶の奥底に沈めて…。

「……日秋っ！」

背後からきつく抱きすくめられる。布越しにも暑苦しいくらいの体温がじわじわと伝わってきて、日秋は自分の身体が冷え切っていたことに気付いた。そのくせ心臓はばくばくと脈打ち、嫌な汗が背中を落ちていく。

「こんなに冷えて…、…俺が、よけいなこと言っちまったせいで…」

「…烈のせいじゃない。むしろ助けてもらったんだ」

烈に指摘されなかったら、日秋は自分の記憶の不自然さに気付かないままだっただろう。

頭の奥に響いたあの不思議な声のことも、思い出さなかったはずだ。

「…俺、あんたを助けたのか？」

「そうだよ。……ありがとう」

「……、……、……っ…」

ぱくぱくと口を何度もうごめかせた後、烈は日秋を座った椅子ごと持ち上げた。面食らったまま、運ばれたのは寝室だ。乱れたままのベッドと項に吹きかけられる荒い呼吸が、烈の目的を否応無しに悟らせてくれる。

「あんたが悪いんだからな…！」

日秋の抗議を封じるように、烈は叫んだ。

「あんたがそんな…、…可愛い顔でありがとうなんて言うから！　我慢出来なくなっちまうのは当たり前だろ!?」

「れ…、…烈…」

「だから可愛い声出すんじゃねえ！　…俺はどうしようもないくらいあんたが好きで、…おかしくなっちまってるんだよ。狂ったイヌの前で可愛いことしたら、何をされても文句

は言えねえんだぞ!?」

めちゃくちゃな難癖《なんくせ》をつけられている。昨日までの日秋なら苛立つだけだっただろうが、今は不思議なくらい心が穏やかだった。

この男に二度も命を救われたから？　…それだけじゃない。まっすぐにぶつけられる感情が、ひどく心地よいせいだ。烈は他の誰とも違う。日秋には絶対に嘘を吐かない。真実しか口にしない。

「…お前、どうしてそんなに僕が好きなんだ？」

肌まで重ねておいて今さらだと思うが、どうしてもわからなかった。それに、わからないことは一つだけじゃない。

「僕はこれまで、お前に会ったことは無い。なのにお前は僕があの爆破事件の被害者遺族だと最初から知っていた。何故だ？　…あの事件はお前の仕業じゃないはずなのに」

「そ、…れは…」

やる気満々だった烈の表情がみるまに曇っていく。話せないのか、それとも話したくないのか。どちらにせよ、マスターとして命令すれば烈は真実を明かす。…明かさざるを得ない。

それだけは許してくれと、青灰色の双眸が懇願する。無視することはもちろん出来たが、はあ、と日秋は息を吐いた。

「…このままリビングに戻れば許してやる」

「えっ、でも…」

「それとも、観念して全部吐くか？」

烈はさんざん迷ったようだが、結局は命令に従った。あのすさまじい欲望よりも優先される秘密とは、いったい何なのだろう。疑問に思いつつも、元のテーブルの前に下ろされた日秋は端末を起動させる。

『イヌのことで、折り入って相談したいことがあります。お時間を頂けないでしょうか』

素早く作成したメッセージの送り先は、北浦のプライベートアカウントだ。じっと日秋の手元を眺めていた烈が、おもむろに沈黙を破る。

「…北浦を信じてるのか？」

「……」

日秋は唇を噛み、うつむいた。

…父亡き後、日秋を慈しみ育ててくれたのは北浦だ。多忙を極める身で可能な限り帰宅し、日秋のために時間を割いてくれた。あの優しさは偽りではなかったはずだ。

ならば、と頭の奥で誰かが問いかける。

ならばどうして、北浦は自分こそがスレイブ導入の発案者だと黙っていたのかと。機密であっても、日秋が五課に配属された後なら打ち明けてくれても良かったはずだ。伏せ続

けていたのは、何か後ろめたいことがあるからではないか？

　日秋にとって北浦はもう一人の父だった。けれど次々とよみがえる記憶は、日秋の知らなかった…忘れていた北浦の側面を暗闇から照らし出す。

「…あんたは、北浦を信じたいんだな」

　真摯な、どこか悲しげな表情の烈に言い当てられた瞬間、自分でもわからないくらいぐちゃぐちゃになっていた気持ちはすとんと腑に落ちた。

　…そう、日秋は北浦を疑いたくない。警察内部の人間全てを疑ってかからなくてはならないのに、北浦だけは信じていたい。だから北浦自身に何か事情があったのだと説明して欲しくて、メッセージを送ったのだ。エゴだと承知の上で。

　とん、と烈はテーブルを長い指で叩いた。

「——あの日、俺が護送車を襲ったのは、子飼いの情報屋からネタを入手したからだ。アムリタの実験体が警視庁に運ばれる、と」

「何だって…？」

　唐突に明かされた情報に、日秋は目を瞠る。実験体とは烈と同じくスラム街からアムリタの研究施設に連れ去られ、非人道的な人体実験に使われた人々のことだろう。だがその実験体が、何故警視庁に運ばれる？

「俺にも理由はわからねえ。けど、信用出来る筋からの情報だ。本当にアムリタの実験体

なら助けてやりたかった。だからあの護送車を襲ったんだが…車の中では、武装した警察官が実験体を囲んでた」

「…それじゃあまるで、待ち伏せされてたみたいじゃないか」

「実際されてたんだろうな。あいつら実験体を守ろうともせず、殺る気満々で俺に拳銃向けてきやがった。…たぶん、あのネタは警視庁内部の誰かが情報屋に敢えて漏らしたんだと思う。俺をおびき出し、イヌにするために」

日秋はかすかなめまいを感じた。烈の推測が正しければ、二つの事実が明らかになる。一つは警視庁内部にアムリタとつながる人間が存在すること。そしてもう一つは。

「その人間はアグレッサーの…、お前の目的を知っている…」

アグレッサーの真の目的がアムリタの打倒と、かつての自分と同じ境遇の人々を救うことであると知らなければ、アムリタの実験体は烈をおびき寄せるための餌になり得ないのだ。アムリタとつながっており、かつ烈の目的を知る者…。

考え込むうちにアラームが鳴った。烈に押し切られてしまわないよう、念のため出勤時間に合わせてセットしておいたのだ。

「…行くぞ、烈。考えるのは北浦さんと話してからだ」

日秋は慌てて食器を片付け、家を出た。北浦は多忙だがまめなので、今日じゅうに返事をくれるだろう。

だが予想に反し、その日は何の返事も無かった。翌日改めて送ったメッセージは、既読にすらならない。電話をかけても応答は無しだ。こんなことは北浦に引き取られて以来、初めてだった。


「……失礼しました」

日秋は肩を落とし、三課のオフィスを出た。

最初に北浦へメッセージを送った日から、今日で一週間。メッセージでも電話でも連絡が取れず、とうとう三課に押しかけたが、北浦は不在だった。

……北浦さんの部下は出張中だって言っていたけど……。

鵜《う》呑《の》みにするわけにはいかない。公安はその職務上、家族にも、たとえ同じ警察官であっても任務の内容を明かせないからだ。

日秋は烈に初めて抱かれたあの日、正体不明のスレイブに襲撃されたことを秘密にしておいた。報告しようとすれば、烈の異様な治癒力まで明かさなければならないからだ。

当然、第二サーバーに侵入し、機密ファイルを入手したことも誰にも告げていない。スイーパーたちには捕まらなかったから、システム管理者はサーバーへの攻撃自体は把握していても、侵入者が日秋と烈であったことまではわからないはずだ。

なのに、あの日から図ったように北浦と連絡が取れなくなった。…北浦がスレイブ導入の発案者であることが露見すれば、困る人間が居るということか？　もしや北浦は、その人間によって連絡の取れない状況に置かれているのか？

悩みながら五課のオフィスに戻ると、珍しいことに佐瀬が待っていた。三課へ赴くまでは揃っていたはずなのに、同僚たちの姿が無い。

「遅かったな」

「……申し訳ありません」

日秋は頭を下げ、強張りそうになる顔を隠した。北浦と連絡が取れなくなった今、最も怪しむべきは佐瀬なのだ。五課のトップである佐瀬ならスレイブを使い、日秋を襲わせることも可能だし、北浦とは対立している。アムリタとつながっているのが佐瀬なら、情報屋に偽の情報を流すのも簡単だったはずだ。

アムリタは未だに烈の身柄を諦めていない。スレイブに日秋をさらわせて人質にすれば、烈はアムリタにおとなしく身を差し出すだろう。

…でも、まだわからないこともある。佐瀬が黒幕だとして、十年前、アグレッサーの犯行を装って爆破事件を起こした理由は何なのか。

日秋は再び第二サーバーと、あわよくば第一サーバーから手がかりを探ろうとしたが、烈に猛反対されダイブ出来ずにいた。だが北浦の無事さえ危ぶまれてきた今、烈の目を盗

んでもダイブするべきかもしれない。

佐瀬は日秋がひそかに決意を固めていることにも気付かず、淡々と告げる。

「勝野たちは緊急通報が入り、現場に急行した。私は君を待っていたんだ」

佐瀬が通報内容を端末に送ってくれる。一読したとたん、疑念は吹き飛んだ。ショッピングモールを武装難民テロリストが占拠した――それ自体重大事件だが、占拠されたショッピングモールというのが…。

日秋の無言の問いかけに、佐瀬は静かに頷いた。

「さすがに覚えているか。…そう、君のお父上が殉職されたあのショッピングモールだ」

十年前、アグレッサーに――あるいはアグレッサーを装った警察関係者によって多くの警察官ごと爆破されたショッピングモールは、別企業に買収され、リニューアルオープンを果たした。日秋は行ったことが無いが、事件前よりも大幅に規模が拡大され、平日でも多くの客で賑わっているはずだ。

「すでに機動隊が出動したが、彼らの任務は陽動だ。我ら五課がスレイブと共に潜入し、テロリストどもを捕縛あるいは処分することになっている。…出られるな？」

あのショッピングモールで事件が……よりにもよってこのタイミングで？

――罠だ。日秋は直感した。佐瀬はかつて父が巻き込まれた爆破事件を起こした、張本人かもしれない。息子もまた父と同じように陥《おとしい》れられないと、何故言える？　烈に対す

る人質である日秋が殺される恐れは無いだろうが…。

「…はい、もちろんです」

全て承知の上で、日秋は素直に従った。逆に考えればこれはチャンスだ。第二、第一サーバーの攻略には、『イレブン』の実力をもってしても数日は費やしてしまう。しかし敢えて佐瀬の罠にかかれば、北浦の居場所も判明する可能性が高い。

北浦を助けたら、あとは脱出すればいい。佐瀬は烈がアムリタの人体強化ナノマシンの成功例であることは知っているだろうが、日秋が『イレブン』であることまでは知らない。烈の傍若無人なまでの力と日秋の能力があれば、どんな罠だって破れるはずだ。

……僕はいつの間に、烈をこんなに信じていたんだろう？

不思議なくらい強い自信に戸惑いながら、日秋は地下十階に向かう。スレイブは地下九階と十階以外への立ち入りを禁じられているので、マスターの単独行動中は地下十階の自室で待機するのだ。

「…………」

盗聴を避け、端末のメッセージ機能で事情を説明すると、烈は黙り込んでしまった。日秋の気を引きたくて仕方が無いこの男が口を閉ざすなんて、めったに無い。

「烈…？」

「…あんたはあの陰険眼鏡野郎が黒幕だって思ってるんだな？」

どうしてわざわざそんなことを聞くのか。いぶかしみつつも頷こうとして、日秋は嫌な予感に襲われた。何か…とてつもなく重要な何かを見逃しているような…。

「わかった。それがあんたの判断なら、俺は従う。どんな罠が待ってたって、あんただけは絶対に守ってみせる」

答えが出る前に烈は力強く請け合い、日秋と共に五課専用の地下駐車場に下りた。日秋が運転席に乗り込もうとすると、待っていた佐瀬に止められる。

「私が運転した方が早い。何度か行ったことがあるからな」

「…では、お言葉に甘えて」

日秋は佐瀬に対する疑いを一段と高め、烈と一緒に後部座席に乗り込んだ。日秋たちをアムリタの施設に連れ去ろうとするのなら、日秋に運転など任せられるわけがない。

佐瀬は慣れた手付きでハンドルを握り、車を発進させる。その左手をじっと見詰めてしまったのは、薬指に嵌められたマスターデバイスに何となく違和感を覚えたからだ。

「……緊張しているのかね？」

気配を感じたのか、佐瀬が前を向いたまま質問してくる。答えようとして、日秋は違和感の正体に気付いた。銀色のマスターデバイスを彩る宝石が、一つ増えているのだ。端にあしらわれた赤い宝石は、以前は無かったはずである。

「あ、……いえ、そんなことは」

「無理はしなくていい。お身内の亡くなった場所に、殺した犯人と共に出動するんだ。緊張するのが当然だよ。これでも気の毒に思っているんだ」

労わられているのか、それともなぶられているのだろうか。感情の一切乗らない淡々とした口調からは判断出来ない。

何と返せばいいものか。逡巡する日秋の端末を、烈が指先でなぞった。目を合わせれば、こくりと頷かれる。直感に従いメッセージアプリを起動させると、烈は素早くメッセージをタップする。

『外を見ろ』

素直に従い、日秋はぞっと竦み上がる。日秋たちの乗った車の前後左右を、いつの間にか大型車が囲んでいた。一般車両ではない。装甲を施した車体の屋根《ルーフ》に、大型の機関銃を装備している。

……何て代物を持ち出してきたんだ。軽装甲車じゃないか！

「…何故、五課のメンバーでもスレイブでもない人間が随行しているんですか」

日秋はばくばくと脈打つ心臓を無理やり鎮め、佐瀬の陰謀には何も気付いていないふりで問いかけた。アムリタの差し向けた手先であろうことは予想がつくが、うまく質問すれば情報を引き出せるかもしれない。

佐瀬はルームミラー越しに意味深な笑みを投げかけてくる。

「心配は要らない。彼らは協力者だからね」

「協力者……？」

「そう。彼らこそ我が国に正しき秩序を取り戻すための協力者だよ」

佐瀬は答え、何かを英語で小さく付け加えた。どこかから別人の声でまた英語の返事が返ってくる。

「…『もうすぐ到着する』『こっちは全部揃ってるんだ。急げ』って言ってる」

日秋には聞き取れなかったやり取りを訳し、あそこからだ、と烈は佐瀬の眼鏡を指差す。あれはプロテクションギアでも伊達眼鏡でもなく、通信用デバイスだったのだ。取り囲む車両の運転手たちとも、あれで意思疎通をしているのだろう。

「私を、…私たちを、どこへ連れて行くつもりなんですか」

アムリタの施設に連れて行くつもりなのはわかっていたが、勝手に身体が震えた。これで佐瀬がアムリタとつながる人間であるのは確定だ。

烈の言葉は正しかった。アグレッサーの爆破事件なんて、本当は無かったのだ。

……佐瀬さんが、父さんを殺したんだ……！

「そう怖がらなくてもいい。君たちにはまだ利用価値があるからね」

佐瀬は笑い、ハンドルを切った。車は側道に設置されたゲートを通過し、地下へ潜っていく。民間企業が莫大な費用を負担し、都心のあらゆるエリアに張り巡らせた地下道路だ。

利用出来るのは非常事態を除き、出資企業のみである。アムリタも出資企業の一つだったはずだ。

「……さあ、到着だ」

佐瀬の運転する車は前後左右を囲まれたまま、ライトに照らされた巨大な地下駐車場のゲートに吸い込まれていった。


車から下りたとたん、日秋と烈は武装した外国人の兵士たちに取り囲まれた。アムリタに雇われた傭兵だろう。彼らは佐瀬と何か話した後、日秋たちに手錠を差し出してくる。

「…烈。今は大人しくしていろ」

倍以上の数の機動隊員すら歯牙にもかけなかった烈ならたやすく倒せるのかもしれないが、日秋は小声で命令した。向こうの意に沿わない行動を取れば、きっと北浦の命は無い。

「日秋、あんたは……」

「……？」

「…いや、何でもない。俺はあんたのイヌだ。あんたに従う」

おとなしく両手を差し出した烈に、兵士はぎこちない手付きで手錠を嵌めた。妙におどおどしているのは、烈の素性を知っているからだろうか。日秋も手錠をかけられ、佐瀬や

兵士たちと共にエレベーターに乗るよう促される。

そうして移動した先は無機質な白い壁に囲まれた、どこかの研究所のエントランスのようだった。十階以上ありそうな円柱状のフロアのど真ん中を、日秋たちの乗ってきたエレベーターが貫いている。天井はガラスドームになっており、ふんだんに差し込む陽光が教会や神殿にも似た厳《おごそ》かな空気を醸《かも》し出していた。

すん、と烈が鼻をひくつかせ、かすかな消毒臭のする空気を吸い込んだ。

「……俺が飼われてた研究所と同じ匂いがする。相当の数の実験体を抱えてやがるな」

「あら…、さすがはアグレッサー。唯一の成功例だけのことはありますね」

シュンッ、とスライドした奥のドアから現れたのは、パンツスーツ姿の若い女性だった。細い首にスカーフを巻き、ジャケットの襟には己の尾を飲み込んだ蛇《ウロボロス》をかたどったブローチをつけている。アムリタのロゴマークだ。ということは、この施設の関係者か。

女性は背後に見覚えのある男を二人従えていた。弐号とアンバーだ。弐号は逞しい腕に、ぐったりとした男を抱えている。

「どうして二人がここに…」

「弐号、見せてやれ」

日秋を無視し、佐瀬は命令した。男の顔が日秋たちにも見えるよう、弐号は両脇を抱えて立たせる。

……マスターではない佐瀬さんの命令に従った？

やはり以前推測した通り、不測の事態に備えた管理者権限の命令系統があるのか。佐瀬はそれを悪用し、自分の駒とするため弐号たちを警視庁から連れ出した？　ならば別所のスレイブも連れて来られていていいはずだが…。

頭の中を駆け巡る思考は、男がのろのろと顔を上げた瞬間吹き飛ばされる。

「…は、…日秋…」

「——北浦さん！」

「すまない…。俺のせいで、こんな……」

げっそりとやつれ、頬に青痣《あおあざ》を刻まれた北浦はいつもとは別人のようだ。かすれた謝罪に、日秋は首を振る。

「北浦さんのせいじゃありません。僕が…」

「おっと、感動の再会は後にしてもらおうか」

佐瀬が無遠慮に割り込んだ。

「君たちをここに連れて来たのは、他でもない。アグレッサーに協力してもらいたいことがあるからでね」

「協力、だって…？」

……どうすれば北浦さんを助けて、ここから脱出出来る？

数多の電子機器が揃った実験施設ほど、『イレブン』と相性のいい場所は無い。ネットワークを乗っ取ってしまえば、武装した兵士たちともじゅうぶんに戦える。

怯えるふりで突破口を探っていると、北浦がぱちぱちと何度もまばたきをしていることに気付いた。もしやと思いそっと弐号に眼差しを向ければ、北浦は小さく頷く。注意を逸らして欲しい、ということらしい。

「そう、アグレッサーにしか出来ないことだよ。心配は要らない…、なあ？」

「アグレッサーの安全は保証いたします。ただしばらくの間、私たちにお付き合い頂ければ良いのです」

ブローチの女性が佐瀬に同意する。日秋と烈を取り囲む兵士たちは一切口を挟まない。

「…だったら、その前に北浦さんの無事を確かめさせて下さい」

「見ての通り、生きているが？」

「もっと近くで確かめたいんです。見えないところに怪我をしているかもしれませんし」

断られるかと思ったが、佐瀬は女性と頷き合い、弐号に顎をしゃくってみせた。烈も日秋も手錠を嵌められている。何も出来ないと油断しているのだろう。弐号は北浦を手錠で後ろ手に拘束し、背中を押して前進させる。

……端末を取り上げられなかったのはラッキーだったな。

日秋の端末は一切のセキュリティ制限を排除し、護身用プログラムを組み込んである。

使用者が起動用のキーワードを宣言すれば、自動的に強力な電撃を放ってくれるのだ。スレイブ相手にどこまで通用するかは不明だが、怯ませるくらいは出来るはずだ。その隙に北浦がどうにか弐号を振り解いてくれれば、烈に手錠を破壊させ、包囲網を破って…。

……そうだ、後は逃げるだけ。それだけなのに。

さっきから何故か嫌な予感が泥のように纏わり付いている。やめろ、引き返せ。頭の中で必死に警告しているのは誰だろう。

「ああ…、日秋……」

どん、と弐号に背中を押された北浦がよろめきながらこちらに歩いてくる。嬉しそうな笑顔に、亡き父のそれが重なった。…そうだ。この声は。

「…父、さん…」

「いい子だ、日秋。こんなところまで来てくれて、本当に…」

喜色の滲む囁きを、日秋は理解出来なかった。護身用プログラムのキーワードも宣言出来なかった。

だって、北浦が。

「…お前は期待通りに育ってくれたよ…素直で律義で、正義感も強くて…」

手錠で縛められていたはずの手を、振り上げて。

…その手には針のセットされた注射器《インジェクター》が握られていて。

「本当に、……俊克にそっくりだ……」

「――テメェエエエッ！」

烈が雄叫びを上げながら跳び上がった。上空からの攻撃などまるで警戒していなかった兵士たちは長い脚からくり出される回し蹴りをまともに喰らい、発砲も出来ずに倒れていく。

「日秋のお願いでも、テメェだけは許さねえ！　殺してやる…！」

倒れる寸前の兵士の頭を踏み台代わりに再び跳躍し、烈は空中で忌々しい手錠を乱暴に引きちぎる。すさまじい勢いで打ち下ろされた拳は注射器を床に叩き落とした。粉砕されたシリンジから溢れた液体が、つんと鼻につく異臭を放つ。

……何が、起きてるんだ？

「邪魔だ、どけっ！」

烈の強烈な蹴りを、弐号が強靭な肉体で受け止めた。弐号に庇われた北浦は日秋を見詰めている。さっきまでの憔悴ぶりが嘘のような、不気味な笑みを浮かべて。

わからない。まるで理解出来ない――したくないのに。

「危ない…っ…！」

視界の端でブローチの女性が懐から何か取り出そうとしたのがちらついた瞬間、日秋は反射的に動いていた。突進し、身体ごと女性にぶつかる。衝撃で女性の手から落ちたのは

――大型拳銃だ。烈を初めて寮に連れ帰ったあの日、襲撃者が使っていたのと同じ。そしてずれたスカーフの隙間から覗くのは、銀色の首輪だ。

「くそ、…日秋っ…！」

一回り以上の体格差をものともせずに弐号を攻め立てていた烈が、舌打ちをしながら跳躍した。日秋の隣にふわりと着地するや、落ちた大型拳銃を拾い上げ、銃口を佐瀬たちに向ける。

「…烈、あの女性は…」

「ああ。……あの日、あんたを襲った奴だ。匂いでわかった」

あの日の襲撃者はだぼだぼの服に身を包んでフードをかぶり、ゴーグルまでしていたが、小柄な体格は確かに目の前の女性に重なる。

「……残念だよ、日秋」

悲しそうに呟く北浦を、弐号とアンバーと女性スレイブが並んで庇った。北浦が差し出した手に、そっと拳銃を握らせるのは佐瀬だ。絶対的な支配者に対する恭しい態度は、かつて警視総監室で見せたそれとは正反対だ。おそらくこちらの方が、本来の態度なのだろう。

北浦と険悪な仲だというのは偽りだ。そう見せかける必要があったから装っていたに過ぎない。何故なら、北浦こそが。

「お前がもう少し愚かなら、もうしばらく生かしておいてやっても良かったものを。……やれ、お前たち」

初めて聞く冷徹な声で北浦が命令する。

三人のスレイブたちはいっせいに動き出した。アンバーは電流を纏わせた鞭《むち》をしならせ、弐号はグローブのような拳を握り、女性は太股のホルダーから抜き取ったナイフを構え、常人ではありえない速さで疾走する。日秋たち目がけて。

無言で進み出た烈が、ためらい無く大型拳銃のトリガーを引く。

ドゥンッ！

鼓膜を破りそうな轟音《ごうおん》を反響させ、放たれた銃弾は女性の肩に命中した。鮮血を噴き上げながらくずおれる女性に、残りの二人は一瞥もくれない。小さく舌を打ち、烈は再びトリガーを引くが、素早くサイドステップを踏んだアンバーにかわされてしまった。その間にも弐号の巨躯が迫ってくる。あの拳がかすりでもしたら、烈はともかく、日秋は一発で戦闘不能に陥ってしまうだろう。

……僕のせいだ！

烈が離れたら、日秋はすぐにでも弐号たちに殺されてしまう。だから烈はこの場の誰よりも高い身体能力を有しているのに、日秋の傍に留まり、慣れない大型拳銃で応戦せざるを得ないのだ。

逃げなければ――心の奥底から湧き上がる切望に、日秋は即座に否を突き付けた。

逃げるんじゃ駄目だ。北浦たちの用意したスレイブが、この三人だけとは限らない。ただ逃げただけでは、また烈の足手まといになってしまう。

だったら、どうすればいい？

『マスター。命令《コマンド》を』

頭の奥で誰かが答えた。

ＡＩのシステムボイスのようでありながらどこか温かみのある声に頷き、日秋は叫ぶ。マスターデバイスを嵌めた左手を、スレイブたちに突き出して。

「……攻撃をやめろ！」

命令の効果は劇的だった。今しも烈にタックルをぶちかまそうとしていた弐号も、素早さを活かして背後に回り込もうとしていたアンバーも、凍り付いたように停止する。

まるでわけもわからずファミリーレストランの立てこもり事件に投入された、あの日の再現だ。違うのは別所のスレイブが居ないことと、日秋が自信を持って命令を下したことだけ。

…そう、わかっていた。たとえマスターデバイスが無くとも、スレイブたちは皆日秋の命令に従うと。

日秋自身だけではなく、北浦も――きっと。

「素晴らしい、……素晴らしい……っ！」

興奮に頬を紅潮させ、北浦はしきりに掌を打ち鳴らした。場違いな拍手の音が、高い天井に吸い込まれていく。

「やはり…、やはりそうだった。お前には素質があったんだ。お前を育てたのは、間違いではなかった…！」

「な……」

「このクソ野郎！　これ以上日秋を悲しませるんじゃねえ！」

ドン、ドン、ドンッ、と烈の大型拳銃が立て続けに銃弾を吐き出した。日秋はとっさに目をつむる。硬直したままのスレイブたちの隙間を縫った銃弾は、その向こうに佇む北浦に撃ち込まれる――はずだったのに。

「ぎゃあああああっ！」

上がった断末魔はかん高い女性のものだった。ぎくしゃくと開いた目に映ったのは、倒れていた女性スレイブの首根っこを掴んで宙に吊り上げる北浦だ。

ぼとっ、と北浦の代わりに銃弾を受け止めさせられた女性が床に落とされる。完全にこと切れた骸を一瞥し、佐瀬は北浦に非難の眼差しを向けた。五課の課長としてスレイブを束ねる身だ。肉盾に使われ、さすがに憤ったのかと思ったが、その口から飛び出したのは思いがけない抗議だった。

「北浦さん…、生かしたまま引き渡して下さる約束だったでしょうに」

「すまんが緊急事態だ。骨は無事なんだから、構わないだろう？」

「死体から作るのと、生きたまま焼くのでは透明感が違うんですよ。貴方にはわからないでしょうがね」

二人が何を言っているのかわからない。呆然とする日秋に、烈が囁いた。

「…あの陰険眼鏡野郎のマスターデバイスから、死体の臭いがぷんぷんする」

「死体の…」

「指輪に嵌まった、あの宝石だ。赤いやつからは特に強い臭いがするぜ」

日秋や同僚たちのマスターデバイスには無い宝石。『死体から作る』。烈が感じ取った強烈な骸の臭い。

いくつもの情報から導き出した答えに、すさまじい吐き気がこみ上げてくる。…父が亡くなった頃、聞いた覚えがあるのだ。遺骨をダイヤモンドに加工してくれる業者があると。母は父の遺骨をダイヤモンドに加工して身近に置きたかったようだが、遺骨があまりに少なかったせいで断念していた。

日秋が聞いたのは、あくまで火葬された『遺骨』を加工して作るダイヤモンドだ。だがさっきの佐瀬の口振りでは…。

「…課長…、貴方の、マスターデバイスの宝石は…、…スレイブを…」

「うん？　そうだよ。これらは全て、もとは私のスレイブだったんだ。使い物にならなくなったのを、生きたまま焼いてダイヤモンドにして、一流の業者に研磨させた」

あっけらかんと認め、佐瀬は誇らしげにマスターデバイスをかざしてみせる。

「色とりどりで美しいだろう？　パニッシュメントの影響なのか、スレイブの骨を使うと着色加工をしなくても自然に鮮やかな色がつくんだ。五課発足の折、事故死したスレイブの骨を加工してみて以来すっかり魅せられてしまってね」

「だから提案したんだ。俺の代わりに五課のトップになって、気に入ったスレイブを好きなだけ宝石にすればいい、とな。まさかこんな時でも作るとは思わなかったが」

北浦はあの赤い宝石を横目で窺った。ひょい、と佐瀬はわざとらしく肩を竦める。

「これは手付金のようなものですよ。ことが成就《じょうじゅ》したあかつきには…お忘れではありませんよね？」

「わかっているさ、アグレッサーはお前にくれてやる。別所も他のスレイブをあてがってやれば文句は言わないだろう」

おぞましい会話は、嫌でも日秋に悟らせた。…今日初めて見た、あの赤い宝石。あれはここには居ない別所のスレイブを、生きたまま焼いて作成したものなのだ。さらに佐瀬は烈まで宝石にするつもりで…それと引き換えに、北浦に協力していた。

「さあ、おいで。日秋」

えずきそうになるのを堪える日秋に、…自分が養い育てた子に、北浦は腕を広げてみせる。いつもと変わらない、優しい笑顔。だがその瞳に宿るのは、紛れもない狂気だ。

……やっと、わかった。

ずっと纏わり付いて離れなかった違和感の正体。頭の奥に響く声が警告し続けたモノこそ、北浦だったのだ。

「お前こそが希望。お前とそこの成功例が揃えば、いかなる犯罪も我が国を侵せなくなるだろう。俊克もきっと、殉職させたことを許してくれるはずだ」

「…っ…、北浦さん、貴方は…」

屈辱に震える視界の奥で、いくつもの扉がいっせいに開いた。なだれ込んでくるのは日秋たちを取り囲んでいたのと同じ兵士たちだが、中には銀色の首輪を嵌めた兵士も交じっている。

スレイブではない兵士に、日秋の命令は効かない。いくら烈でも、これだけの数が相手では…。

「こっちだ、日秋！」

いっそ自分が囮《おとり》になって、烈だけでも逃がせないか。そんな考えが頭をよぎった時、烈の腕に抱えられた。重力から解き放たれたかのような、力強い跳躍。ふわりと烈ごと身体が浮かび上がる。

「……追え！　絶対に逃がすな！」

北浦の怒号ははるか下で響いた。烈は天井まで貫く吹き抜けの空間を一気に跳び上がり、三階の回廊に着地したのだ。

何十人分もの足音が一階から上がってくる。あれだけの数の兵士たちだ。エレベーターで運ぶことは出来ず、階段で上らざるを得ない。アグレッサーを制圧するために揃えた数が、完全に裏目に出てしまったのだ。

だが北浦たちはすぐにでもエレベーターで追いかけてくるだろう。…その前に。

「言っとくけど、俺は一人で逃げる気なんてねえからな」

「…どうして…」

「あんたは何でも顔に出るんだよ。どうせ全部自分のせいだから、囮になって俺だけでも逃がそうなんて馬鹿みてえなこと考えてるんだろ？」

強い光を放つ青灰色の瞳は、一切の偽りを許さない。降り積もっていたいくつもの感情が、ぐるぐると胸の奥に渦巻いてゆき…。

「……わかってるなら、何で！」

…溢れたのは、理不尽な怒りだった。

「烈は…、最初から気付いていたんだろう？　本当の黒幕は佐瀬課長じゃないって。……僕は、北浦さんに裏切られていたんだって」

さっき、烈は北浦に言った。これ以上日秋を傷付けるなと。つまり烈は勘付いていたのだ。日秋は北浦に騙されているのだと。…おそらくは警視庁で日秋の話を聞いた時…いや、もっと前から。

「どうして言わなかった…、どうして言ってくれなかったんだよ……!?」

泣きじゃくってしまう自分を殴ってやりたかった。これは八つ当たりだ。本当は日秋こそが、北浦の悪意に気付かなければならなかった。第二サーバーで発見したファイル。烈に抱かれてよみがえったいくつもの記憶。手がかりはいくつもあった。冷静につなぎ合わせれば正解にたどり着けたはずなのだ。…烈のように。

けれど日秋は自ら正しい道を逸れ、間違った道へ迷い込んだ。佐瀬が黒幕だと思い込んでしまった。

十年もの間、北浦に騙され続けていたのだと思いたくなかったから。

――北浦こそが父の仇だと、信じたくなかったから。

私情で目を曇らせた。みすみす仇の手に落ちた。…己の過ちに、烈まで巻き込んでしまった。

だから烈だけは逃げて欲しい。助からなければならない。

烈を窮地に陥れた自分なんて。

「どうなったっていいわけねえだろ。何度言わせるんだよ、いい加減にしろ」

卑屈になった心は、再び読み通されてしまった。青灰色の瞳に燃え盛る怒りの炎にびくりと震えた頬を、烈は容赦無く引き寄せる。

「あんたは俺が守る。絶対に死なせねえ。ここから脱出するならあんたと俺、二人揃ってだ。……ああ？　何でだって？」

はくはくと声にならない疑問を紡ぐだけの役立たずの唇に、燃えるように熱いそれが噛み付くように重ねられた。すぐに離れていってしまったけれど、冷たかった唇はほのかに熱を帯びている。

「あんたが好きで好きでたまらねえからに決まってるだろ。惚れた奴を守るのに、それ以外の理由なんてあるかよ」

「っ…、烈…」

「北浦のことを言わなかったのは、あんたがあいつを信じたいならそうさせてやりたいって思ったからだ。あいつが何を企んでたって、あいつ以外の全員をぶっ殺してぶっ壊しちまえば、何も出来なくなるだろ？　…ぶっ壊す前に全部ぶちまけられたせいで、台無しになっちまったけど」

馬鹿だ。

…この男は、本当に馬鹿だ。

日秋の心を守るためなら、真実でも全部ぶち壊してみせるって？　そんなことをしたら、

自分は日秋の父を殺した犯人だと疑われたままになってしまうのに。

「いいんだよ、俺は元々馬鹿なんだから」

またもや心を読まれたのだろうか。それとも、日秋がしゃくり上げながら漏らしてしまったのだろうか。

「あんたが俺を傍に置いて、幸せそうに笑っててくれりゃあ、他はどうでもいい馬鹿なんだ。だからあんたは大きな顔して俺に命令すればいい」

ふわりと笑い、烈は日秋を床に下ろした。日秋の手に嵌まったままだった手錠を、腕力だけでたやすく破壊する。

「さあ、ご主人様。どうしたい？　何が欲しい？　何でも言えよ。あんたのイヌが絶対に叶えてやる。…あんたを、俺にくれるのならな」

「僕、は……」

従順なくせにぎらついた青灰色の瞳に、心臓を鷲掴みにされた気がした。…ああ、きっともう駄目だ。もう逃げられない。この男からは——この、胸に巣食った熱からは。

「……全てを、知りたい。どうして北浦さんがスレイブの導入を提案したのか。…どうしてあんな事件を起こして、父さんを死なせたのか」

「——任せとけ！」

獰猛に笑い、烈は目の前のスライドドアを壁から引き剥がした。常人離れした腕力で担

ぎ上げ、いち早く迫ってきていた兵士たちに勢いをつけて投げ付ける。

「オォッ!?」

下敷きにされた兵士たちは抜け出そうともがくが、そこへ後続の兵士たちが殺到した。全速力で走ってきた彼らは、急には止まれない。スライドアごと仲間に踏み潰された兵士たちは、もはや戦闘をこなすことは出来ないだろう。

悪魔《デーモン》、化け物《モンスター》。怒号を上げる兵士たちに一瞥もくれず、烈は左手だけで日秋を抱えて疾走する。日秋も抵抗しない。自分で走るより、烈に抱えられた方が速くて安全なのはもう身に染みている。

『こちらへ、マスター』

ふと、頭の奥で声が聞こえた。さっきスレイブたちに命令を下すよう指示した、あの不思議な声だ。

『貴方の求めるものはここにある。…私はここに居る。どうかこちらへ、…マスター』

薬指のマスターデバイスがにわかに熱を帯びた。そっとかざせば、頭の中に何かの映像が流れ込んでくる。円柱形の巨大な建物——これは、この研究所のマップだ。ルートを示す光の矢印が、日秋たちの居る現在地からすうっと伸びていく。非常用とおぼしき階段を通り、最上階の奥まった大きな部屋を点滅させる。

『早く、……まだ、間に合ううちに……』

かすかな焦りの滲む声に、背筋がざわめいた。早くマップに表示された部屋へ行かなければ、取り返しのつかない事態に陥ってしまう。

「烈、…っ!?」

頭の中に流れ込んできたものを説明しかけた瞬間、バチッ、と烈の首輪が青白い火花を放った。まさか北浦が管理者権限で烈を拘束しようとしているのか。ひやりとしたが、烈は何度もしばたたきながら首を振る。

「…何か今、ここのマップみたいなのが頭ん中に入ってきた。最上階がぴかぴか光ってる」

「お前にも、見えたのか…」

「ってことは、あんたも見たんだな」

たぶんマスターデバイスが日秋の脳内の映像をパニッシュメントに転送したのだろうが、日秋はそんなことをした覚えは無い。Ｃｈａｉｎが勝手にやったとしか思えない。

……僕の思考を読んで、僕を呼んだ?

ありえない。それはありえないことだ。どんなに優れていても、Ｃｈａｉｎは人の手で作られたプログラムコードに過ぎないのだから。自らの意志を持ち行動するのは、人間だけのはずだ。

だが、不思議と信じられる。この声の示す先に求めるものがあると。

「頼む、烈…」

「ぴかぴか光ってる部屋に行けばいいんだな。…しっかり掴まっとけ。飛ばすぜ！」

言うが早いか、烈は回廊に巡らされた手すりに飛び乗った。ひゅおおお、と吹き上げる風の音に恐れを感じる暇すら与えず、上の階の手すりへ。そしてまた上の階へと飛び移るのをくり返す。

「…あいつら、最上階へ向かっているのか？」

「止めろ！　アグレッサーは最悪殺しても構わん！」

首輪を嵌めた兵士の何人かが烈の真似を試みるが、みな途中で脚を滑らせ、階下へ墜落していった。階段へ走る兵士たちの青ざめた顔には、あの化け物とだけは戦いたくないと書かれている。

……馬鹿だな。烈に追い付けるわけがないのに。

跳べない代わりに壁に取り付き、上ってくる首輪の兵士たちを見下ろすと、哀れみが湧いてくる。かすかな優越感さえも。

……この男は特別だ。…特別な、僕のイヌなんだから。

とん、と烈は手すりから回廊に降り立った。ここより上のフロアは無い。頭の中のマップも、ここが最上階だと示している。

……やけに静かだな。静かすぎるくらいだ。

これだけの規模の施設だ。相当の数の研究員が所属しているはずだが、今のところ北浦

やその一味以外の姿を見かけていない。最上階の回廊も人影は無く、がらんとしていた。

北浦が前もって人払いをしておいたのかと思ったら、烈は鼻をうごめかせてから否定する。

「かなりの人間が部屋の中に居る。必死に出ようとしてるが、窓も扉も、通風孔さえもロックされちまったせいで閉じ込められてるみてえだ」

言われてみれば、兵士たちの足音や怒声に混じって扉を内側から叩くような音がかすかに聞こえる…ような気がする。指摘されたからこそ気付けたのだ。相変わらず烈の五感は化け物めいている。こんな兵士を量産出来たらどんな戦争も有利に運べるだろう。アムリタが烈を諦めないわけだ。それにしても。

「妙だな……」

研究員とはいえ、数に任せて襲われれば日秋にとってはじゅうぶんな脅威だ。それが未然に防げたのだから喜ぶべきなのだが、あまりに都合の良すぎる展開は逆に不安になってくる。北浦の罠ではないかと。

「楽に進めるんだからいいじゃねえか。さっさと目当ての部屋へ行こうぜ」

反対に烈は何も怪しんでいない。罠ならば噛み砕いて進めばいいと思っているのだろう。強者にしか許されないふてぶてしいまでの余裕は、日秋には頼もしい限りだ。

「そうだな。…進もう」

悠長にしていたら兵士たちに追い付かれてしまう。日秋は呼吸を落ち着け、烈の後に続

いて回廊を進んだ。他の階と違い、最上階にはスライドドアが一つしか無い。円の北側に当たる部分――頭の中のマップが点滅している部屋である。

ここも他の部屋のようにロックされていたら、ネットワークを強制的に乗っ取るしかない。『イレブン』にならじゅうぶん可能だが、少なくない時間がかかるだろう。そこを北浦に追い付かれたら…。

『お待ちしておりました、マスター』

日秋の心配は杞憂《きゆう》だった。頭の中に声が響き、閉ざされていたドアが開いていく。日秋は理解した。あらゆる出口を封鎖し、研究員たちを閉じ込めたのはこの声の主だと。日秋たちをここまで到達させるために。

烈と二人、足を踏み入れた部屋は五課のオフィスが三つはすっぽり入ってしまいそうなほど広かった。その中を要塞のごとく埋め尽くすのは巨大なマシンの群れだ。一つだけでも一般企業の業務程度ならじゅうぶんまかなえる、超高性能マシンである。室内が異様に寒いのは、発散される大量の熱気を冷やすためだ。

「ここは…、…サーバールームか」

言わばこの施設の心臓部だ。高価なマシンを惜しみ無く注ぎ込むのも納得である。壁のあちこちに張り巡らされたケーブルは、さしずめ動脈か。無数のケーブルが伸びた先に、日秋の目は引き寄せられる。

……そこに居る。

部屋の中央に鎮座させられたそれを見た瞬間、日秋は何故かそう感じた。棺桶《かんおけ》にも似た等身大のそれが何か、その時はまだわからなかったのに。

烈に背中を守られ、部屋の中央に進む。間近で見てようやく気付いた。これは――コールドスリープ用のカプセルだ。現代医療では手の施しようの無い病気の患者を、治療方法が発見されるまでの間眠らせておくために使用される。

カプセルの蓋には特殊ガラスが嵌め込まれており、中に眠らされている人物を見ることが出来た。治療を待つ病人ではない。…あるわけがない。だってヘッドセットを装着され、鋼鉄の棺《ひつぎ》に眠らされているその人は…。

「……お、…父さん……」

かたくまぶたを閉ざし、ずいぶんと痩せ衰えてしまっているが、間違い無い。十年前爆破事件に巻き込まれ、殉職した父俊克だ。

……どうして？　父さんは死んだはずなのに。

真っ白になる頭の中で、わずかに残った冷静な部分が問いかけてくる。何故お前は父が死んだと信じたのか、と。そんなのは決まっている。事件の一報の後、父が遺体となって帰って来たからだ。

再び問いかけられる。お前は遺体が父だと、その目で確認したのか。…していない。出

来なかった。爆発に巻き込まれ、あまりに酷い状態だから家族に見せるのは忍びないと、止められてしまったから。

「…まさか、ここにたどり着くとはな」

この男——北浦に。

「俊克に呼ばれたか？　わざわざ逃げなくても、俺が連れて来てやったものを」

薄笑いを浮かべながらサーバールームに入ってきた北浦は、佐瀬と首輪をした兵士を数人従えていた。少数の精鋭だけで、エレベーターを使って追いかけてきたのだろう。佐瀬が日秋のマスターデバイスの位置情報を教えたに違いない。

「——聞きたいことがあります」

即座に襲いかかろうとする烈を制止し、日秋はひたと北浦を見据えた。

「何故、死んだはずの父がここに居るのですか？　…父はここで、何をさせられているのですか？」

「……」

「北浦さん」

つかの間、烈に熱い眼差しを送った佐瀬がもどかしそうに呼びかける。少しでも早く烈を宝石に加工してしまいたいのだろう。もはやおぞましさしか感じられない上司に、北浦は掌をかざして黙らせる。

「まあ待て。何も知らないままでは、日秋も安らかに眠ることは出来ないだろう」

「しかし…」

佐瀬はまだ不服そうだったが、北浦の合図を受けた兵士に外へ連れ出されてしまった。北浦に一顧だにされないあたり、烈を引き渡すという約束が履行《りこう》されるかどうかは怪しい。日秋をここに追い込んだ時点で、佐瀬は用済みなのだろう。

同僚であろうと、親友の忘れ形見であろうと、己の願望のためなら駒として扱う。今日突然変わってしまったのではない。北浦は元来そういう男だったのだ。…日秋が見抜けなかっただけで。

兵士たちに入り口を固めさせ、北浦は日秋に向き直った。

「もう気が付いているだろうが、十年前のショッピングモール爆破事件。あれを起こしたのは俺だ。正確には俺と佐瀬、それとアムリタから借り受けた私兵どもだな」

「…っ…、何故…」

「俊克の身柄を確保するためだ。俺の望みを実行するためには、俊克を生きたまま死者に仕立て上げる必要があった」

――十年前。

捜査一課所属の刑事だった北浦は、増加するばかりの犯罪に歯止めをかけ、警察の地位と信頼を回復したいと渇望していた。そして逮捕した凶悪犯罪者たちのずば抜けた能力を

どうにか犯罪捜査に活用出来ないかと思案した末、彼らの意志を制御し、警察の思う通りに動く道具にすることを思い付いたのだ。

そんな親友の熱意に絆《ほだ》され、Ｃｈａｉｎシステムを作成したのが父だった。あくまで親友に応えるため、犯罪被害に苦しむ人々を救いたいがためだ。

だが北浦は父の思いを裏切った。Ｃｈａｉｎの技術をアムリタに横流しし、軍事用ナノマシンに転用させたのだ。その中には烈に投与された、あの人体強化用ナノマシンも含まれている。

北浦はスレイブ導入を提案して警視庁内での昇進を重ねる一方、スレイブたちにナノマシンを投与し、データをアムリタに流していた。アムリタがそのデータを用いて研究を重ね、作り上げたのがパニッシュメントだ。パニッシュメントはアムリタの作成した軍事用ナノマシンだったのである。そしてそれをＣｈａｉｎが制御している。

事実を知った俊克は猛烈な良心の呵責に苛まれ、引き篭もりがちになった。犯罪を撲滅したい一心で開発したＣｈａｉｎが、より効率的に人を殺すための技術として使われているのだ。しかもそれに積極的に関与しているのは自分の親友であり、警察官である。

耐え切れなくなった俊克は、とうとう全てを公安委員会とマスコミに告白すると言い出した。そんなことになったら自分は破滅だ。焦った北浦は何度も俊克の説得を試みたが、俊克は頑として聞き入れなかった。

そこで北浦は一計を案じ、アムリタの協力を仰いであの爆破事件を起こした。怪しまれないためだけに動員された多くの警察官は何も知らないまま殉職したが、俊克だけは爆発寸前で助け出され、この施設に運び込まれていたのだ。

「……何のために、そんなことを……」

問いかけながらも、日秋の頭にはうっすらと答えが浮かびつつあった。カプセルの中の父がヒントをくれたから。コールドスリープによって時を止められた身体。かぶせられたヘッドセット。カプセルにコネクトされた無数のケーブルを介し、父の脳と直接つながる大量のマシン。優秀なエンジニアであった父。

「パニッシュメントの研究班からレポートが上がってきていたんだよ。当時はどれだけ高性能なマシンを用いても、一度に制御出来るスレイブは一人だけだった。複数の人間を操るには、処理速度が追い付かないんだ」

「……」

「だが優秀な人間の頭脳を生体サーバー化してメインマシンとつなげば、複数のスレイブを同時制御可能になるだろう――とね。俊克は断固拒否していたが、俺がお前を引き取ったと伝えたとたん素直に従ってくれたよ」

「……ぁ、……っ…！」

もう、説明を促そうとは思わなかった。…想像がついてしまったから。

拉致された父は友だったはずの男の裏切りに打ちのめされながら、自らカプセルに入ったのだろう。そしてこの十年の間、意識の無いまま北浦の片棒を担がされ続けてきた。

守るために。

北浦のもとで育てられている、日秋を。

日秋は何も知らず、…北浦をもう一人の父親だと慕って…幸せに育って…。

「……あんたのせいじゃねえ！」

揺らぎかけた心ごと、烈が日秋の肩を掴んだ。ぐっと引き寄せ、腕の中に閉じ込める。

「あんたは何も悪くねえ。…あいつはそうやって、あんたの心を揺さぶろうとしてるんだ。呑み込まれるな」

「…っ、烈……」

抱き締める腕の力強さと鼓動が、心に刺さった棘を消し去ってくれる。詰めていた息を吐き出す日秋を、北浦は面白そうに眺めた。

「アグレッサーとお前がそんな仲になるとはな。…親代わりとして、せめてもの慈悲だ。お前を眠らせた後は、アグレッサーも隣で眠らせてやろう。きっといい夢が見られるだろう」

「…何を言ってやがるんだ、テメェ…」

鋭い犬歯を剥き出しにして唸る烈の腕に、日秋は無意識にしがみ付いた。そうでもしな

ければ立てなくなってしまうと、予感がしたから。そして予感は正しかったと、すぐに証明される。

「簡単なことだよ。日秋には俊克の後継機になってもらう」

親しげな微笑さえ浮かべ、北浦は言った。

「十年もの間複雑な演算処理を続け、重い負荷がかかってきた俊克の脳はそろそろ限界だ。もってあと一年程度だろうと報告があった」

「だから日秋を代わりに据えようってのか!? アムリタには優秀な人間が揃ってんだろ。何も日秋じゃなくたって…」

「駄目なんだよ、日秋でなければ。——弐号、アンバー」

北浦の呼びかけに応え、兵士たちの壁をかき分けて弐号とアンバーが現れる。大人と子どもほどに体格の違う二人は、じっと日秋を見詰めていた。

「この二人と別所のスレイブは、正式に登録されたマスターが居ながら、初出動の日秋の命令に従ったというじゃないか。初めて聞いた時は耳を疑ったよ。Ｃｈａｉｎの拘束は完璧だ。今までそんなイレギュラーな事態が起きたことなど無かったのだから」

どうしてそのことを知っているのかは、聞くまでもない。弐号とアンバーたちからそれぞれのマスターへ、そして佐瀬へと報告され、北浦にも伝わったのだろう。

「最初はエラーでも発生したのかと思った。だが杉岡と組ませた事件でも同じことが起き

たとマスターデバイスのログから知った時、俺は閃いた。これは起こるべくして起きた現象ではないかと」

「起こるべくして、起きた…？」

「Ｃｈａｉｎシステムは万が一の事態に備え、俺と佐瀬をマスターの上位者として登録してある。この二人が俺と佐瀬にも従うのはそのせいだ。対して日秋はＣｈａｉｎの…スレイブの生みの親にして、今やＣｈａｉｎそのものでもある俊克の実子。その日秋からの命令をパニッシュメントは上位者の命令と判断し、実行した…ということだ」

　そんなことがありうるのか？　疑問を投げかける前に、日秋は理解した。…そうだ、北浦も同じ疑問を抱いたはずだ。疑問を晴らしたければどうする？　日秋ならもう一度同様の状況を作り出して確かめる。北浦もまた日秋と同じ結論に達したに違いない。

「僕が烈を連れて帰ったあの日、…さっきの女性スレイブに襲わせたのは北浦さんだったんですね。僕の命令が通じるかどうか、確かめるために」

「ああ、そうだ。そして確信した。全て正しかったのだと」

　北浦の分厚い唇が吊り上がっていく。

「俺の推測も、お前を引き取ったことも。…本当に幸運だったよ。人質のつもりで確保しておいたお前が、いずれ限界を迎える俊克の後継機として最適だとわかったんだからな」

　引き取ってくれたのは父との友情ゆえでも、愛情でも、寄る辺無い子どもに対する慈悲

ですらなかった。北浦にとって、日秋は最初から道具に過ぎなかったのだ。警察官になるよう熱心に勧めたのも、人質の身柄を手元で管理するためだったのだろう。スレイブ導入の立役者でありながら佐瀬を五課のトップに立てていたのは、佐瀬を隠《かく》れ蓑《みの》にしてアムリタとつながるためであり、日秋を欺《あざむ》くためでもあったに違いない。

頭を撫でてくれた大きな掌の温もりも、優しい励ましも、全ては偽りだったと突き付けられてしまったのに。

……何でだろう。あんまりショックじゃない。

怒りや悲しみはあるけれど、立ち上がれなくなるほどではない。…それは、きっと。

「…ふざ、けんな…」

日秋のために拳を握り締め、激昂《げっこう》してくれる男が居るから。

「ふざけんな！　日秋はテメェの玩具《おもちゃ》でも何でもねえんだぞ!?」

もっと強い感情が…北浦の存在など吹き飛ばしてしまうほど強烈な男が、心のど真ん中にでんと居座っているから。

「玩具？　とんでもない」

烈の殺気に、北浦は顔色一つ変えなかった。兵士たちさえ怯えを隠せていないというのに。さっき女性スレイブを軽々と吊り上げた腕力といい、北浦もアムリタの特別製ナノマシンを投与されているのかもしれない。

「日秋は俺にとって、この上無く大切な存在だとも。能力《スペック》の高い日秋が俊克の後継機になれば、もっとスレイブの数を増やせる。ゆくゆくは五課を公に認めさせ、この国から犯罪を撲滅するのも夢ではない。…いや、俺が必ずそうさせてみせる」

「…北浦さん…」

切ない痛みが胸を刺した。…北浦は変わっていない。犯罪を憎む気持ちも、この国を憂う気持ちも、掛値無しに真実なのだ。だからこそ父は北浦のためにＣｈａｉｎを作り出した。北浦が正しく使ってくれると信じて。けれど北浦は己の宿望を叶えるために手段を選ばず、アムリタという最悪の存在と手を結んでしまった…。

「許さねえ…、…テメェだけは何があっても許さねえ…っ！」

おかしな気分だった。烈が殺気をまき散らせばまき散らすほど、日秋の心は静まっていくのだから。

『…頼む、日秋』

穏やかな湖面のように凪いだ心に、夢で見た父の姿が浮かぶ。…いや違う、これは夢なんかじゃない。実際にあったことだ。いつ？　そう、あれは…父の葬儀が終わったばかりの頃。父の死の手がかりを求め、父の遺した端末を探っていたら、暗号化されたファイルを見付けたのだ。

解読してみたそれは父からのメッセージ…遺言とも言うべきものだった。

メッセージの中で、父はひたすら己の所業を悔いていた。自分は恐ろしいものを生み出してしまった、いつかお前に北浦を止めて欲しいと訴えていた。父は北浦がいずれ自分を処分することを予期し、息子に託したのだ。…最後の希望を。

「……烈」

「何だよ…、いくらあんたの頼みだからって、こいつだけは——」

「好きだ」

告げた瞬間、息巻いていた烈はぎゅんっと音をたててこちらを振り向いた。凶悪な人相から怒気は失せ、驚愕と期待がめまぐるしく入れ替わる。狙い通り、怒りにくらんだ目を覚まさせることに成功したようだ。

「はははははははははるあき、いいいいいい、いま、なんて」

「頼みがある。…十分でいい。時間を稼いでくれ」

それだけあれば目的を達成し、この窮地からも逃れることが出来る。…烈と共に。

言葉にしなかった日秋の願いを、烈は間違い無く読み取ってくれたのだろう。せわしなく泳がせていた青灰色の双眸をひたと日秋に定める。

「一時間でも二時間でも稼いでやるよ。…ご褒美はもらえるんだろうな？」

「全部終わったら、好きなだけ」

「……いよぉぉぉっし！　任せろ！」

全身に歓喜を漲らせ、烈は咆哮した。

不可視の振動を受けた兵士たちはびくりと身を竦ませたが、北浦の身を守るため勇気を振り絞ってナイフを構える。本来は予備《サブ》の武器だ。烈相手に白兵戦など挑みたくなかっただろうが、マシンだらけのサーバールーム内でマシンガンなどぶっ放せば、跳ね返った銃弾で同士討ち待った無しである。それ以前に、Ｃｈａｉｎシステムを支えるマシンを破壊するわけにはいかない。

「…何をするつもりだ、日秋」

日秋の様子が変わったことに気付いたのだろう。北浦は初めてかすかな焦りを滲ませる。

「貴方を止めます。それが父さんの遺志であり、…僕の願いだから」

「止めるだと？　っ…、まさか俊克は…」

「おらおらおら！　どこ見てんだテメェ！」

泡を喰って駆け寄ろうとした北浦に、烈が跳びかかる。させまいとするスレイブ兵士たちが殺到し、一対多の戦いの火蓋《ひぶた》は切られた。本来なら絶望的な状況なのに、恐怖も不安もまるで無い。

……烈は必ず生きて僕のところに戻ってくる。僕のイヌだから。

日秋は乱れそうになる呼吸を鎮め、父の眠るカプセルの奥へ移動した。そこには予想通り、メンテナンス用とおぼしきマシンとヘッドセットが設置されている。さあ、ここから

は日秋の戦いだ。

日秋はヘッドセットを装着し、マシンに向き合った。コマンドを打ち込めば、すぐに意識はブラックアウトし、吸い込まれていく。Ｃｈａｉｎシステムのメインサーバーに——父の脳内に。

そこは一面、新雪を敷き詰めたかのように真っ白な世界だった。警視庁のサーバーと違い道筋らしきものは無く、ただひたすら進むしかない。だが目印すら無い白い荒野は方向感覚を失わせ、自分がまっすぐ歩けているかどうかもわからなくなっていく。早く目的を果たし、現実に帰還しなければならないのに。

本当に正しい道をたどれているのだろうか。わずかな不安が頭をもたげた時、声が聞こえた。

『こちらです、マスター』

日秋にマップを示し、サーバールームに導いたあの声だった。…けれど、何かが違う。さっきよりも無機質さが和らぎ、人間らしい温かみが増しているような…。

首を傾げながら、日秋は声のする方へ足を向けた。するとしばらくして、景色は移り変わってゆく。白一色の世界から、慎ましいながらも落ち着いた佇まいの家の中へ。声はもう聞こえなくなっていたが、案内は必要無かった。この家を、日秋はよく知っている。…生まれ育った家なのだから当たり前だ。

現実の生家は人手に渡り、その後取り壊されてしまった。もう思い出の中にしか存在しない我が家の玄関をくぐり、まっすぐに向かうのは書斎だ。

そして。

「……、っ…、…と、…う、さん……」

予想通り、父はそこに居た。カプセルの中のやつれ果てた姿ではなく、十年前…在りし日の姿のまま。お気に入りのゲーミングチェアに座り、愛用のマシンを操っていた。

「──日秋……」

振り返った父が微笑んだ。

十年ぶりに聞く、父の優しい声が教えてくれる。日秋を導いてくれたあの声は、Ｃｈａｉｎと同化し、消えゆこうとしていた父のものだったのだと。

……ごめんなさい、ごめんなさい……！

僕のせいで。何も知らず、仇に育てられて。僕がこうして無事に生きているのは、父さんが身を挺《てい》して守ってくれたおかげだったのに。

溢れそうになる嗚咽を、日秋は歯を食いしばって呑み込んだ。父が望むのは日秋の懺悔《ざんげ》でも涙でもない。過ちを正すこと…ただ、それのみ。

まぶたを擦った日秋が近寄ると、父は静かに席を立った。代わりに向かったマシンにはかつて佐瀬に見せられたＣｈａｉｎのコードと、ログが表示されている。

父に見守られながら、日秋はキーボードで打ち込んでいく。父の遺したメッセージに記されていた、Ｃｈａｉｎの停止コードを。

たぶん父は、こうなるように仕組んだのだろう。

日秋が北浦の手を逃れ、自分のもとにたどり着けるように。それまでは停止コードを忘れているよう、暗示をかけていた。停止コードを教えられていると知れば、北浦は日秋を殺してしまうかもしれないから。

カタ…、カタカタ……。

キーボードの小さな音だけが響く空間に身を浸していると、錯覚してしまいそうになる。自分はまだ幼い子どもで、怖い事件なんて何も起きていなくて、父はまだ生きているんじゃないかと。

……わかってるさ。これはただの幻覚だ。

ダイブした先のサーバーは、ダイブした者の感覚によって景色を変える。ここが懐かしい我が家なのも、在りし日の姿の父が居るのも、こうであって欲しいという日秋の願望を脳が叶えているに過ぎない。

…でも、父が居る。ずっとずっと会いたかった父が、すぐ傍に居てくれる。

「ふ、……、っ……」

すでにコードは打ち終えた。あとはエンターキーを押して実行するだけだ。

そうすれば全てが終わる。Ｃｈａｉｎにつながれていたスレイブたちは自我と自由を取り戻し、北浦は身を守るすべを失くす。アムリタもこれ以上の軍事用ナノマシンの開発は断念せざるを得ないだろう。

なのに――。

「父、さん…、…父さんっ……」

呑み込んだはずの嗚咽が溢れて止まらない。涙で前が見えなくなる。…何て情けないんだろう。父だってきっと、呆れているに決まっている。とっくに成人した男が、現実に戻りたくないなんて。…父と別れたくないだなんて。

震える肩に、父がそっと触れる。日秋の脳が作り出した幻であるにもかかわらず、その手からは確かに温もりを感じられた。

「……ありがとう、日秋」

やわらかく微笑み、父は日秋を背後から抱き締めるようにしてキーボードに手を伸ばした。日秋がどうしても押せないエンターキーにそっと人差し指を置く。

ひくく、と喉が上下した。それを押したら。……押してしまったら。

「お前は私の希望だ。……ありがとう。私の子に生まれてきてくれて」

――とんっ。

エンターキーが押し込まれた瞬間、書斎じゅうに亀裂が入った。ががらと崩落してい

く壁の向こうに広がるのは果ての無い暗闇だ。停止コードが実行されたことにより、メインサーバーはじょじょに稼働を停止させている。完全に停止する前に脱出しなければ、日秋も生きて現実に戻れなくなるだろう。

「……僕も……」

日秋は瓦礫の向こうの父に背を向け、コマンドを打ち込んだ。即座に作成されたバックドアが虚空に出現する。

「父さんの子に生まれて、本当に良かった……」

応えは無かった。

けれど日秋は、父が微笑む気配を確かに感じた。

バックドアをくぐって現実に帰還し、真っ先に『静かだ』と思った。その理由はすぐに判明する。サーバールームを埋め尽くすマシン全てが沈黙していたのだ。機械の唸り声が失せた空間で、うごめくのは生きた人間のみ。

「ひ、ひっ、ひぃぃぃぃぃぃ!?」

悲鳴を上げる北浦の胸倉を烈が掴み、軽々と宙に吊り上げていた。さっき北浦が女性スレイブを盾代わりにした時の再現のようだ。まさか北浦も、数十分も経たず逆の立場に回

ることになるとは思わなかっただろう。

「た、助けろ！　俺を助けるんだ！」

北浦はじたばたともがきながら命令するが、周囲のスレイブ兵士たちは誰も従わなかった。烈にぶちのめされ、倒れている者は仕方あるまい。だがまだ健在の兵士たちまでもが怒気も露わに北浦を睨み付け、助けようともしない。その中には弐号とアンバーも含まれている。

「……停止コードが、実行されたのか」

よくよく見れば、彼らの首輪に変化が生じていた。Ｃｈａｉｎとのリンクが正常であれば緑、エラーが発生すれば赤、マスターの命令に逆らえば黄色が点灯するのだが、今は何色の光も灯っていない。日秋と父の打ち込んだ停止コードにより、Ｃｈａｉｎが動作を止めた証だ。

Ｃｈａｉｎは一度停止コードが実行されれば、二度と再起動出来ない。アムリタがＣｈａｉｎをしのぐ新たなプログラムを作成しない限り、スレイブが生まれることはもう無いだろう。

彼らは自由なのだ。Ｃｈａｉｎと首輪の爆弾から解放された今、捨て駒として利用し続けてきた北浦を助ける気になどなれないのは当然である。

——烈も、彼らと同じだったら？

烈とてＣｈａｉｎと首輪に縛られ、自由を奪われていた身には違いない。北浦のように、憎悪の眼差しを向けられてしまったら…。

「あ、……日秋っ！」

脳裏をよぎった不安は、目敏く日秋を見付けた烈の太陽のような笑顔が吹き飛ばしてくれた。ぽいっと北浦を投げ捨て、日秋に駆け寄ってくる。その背後に、ぶんぶんと勢いよく振られる尻尾の幻影が見える。

「すげえ、すげえよ日秋！　さすが俺の飼い主様だぜ！」

「わっ……」

烈は日秋を軽々と抱え上げ、その場でくるくると回した。仕上げに自分もくるりと回ってからようやく床に下ろし、きつく抱き締めてくれる。力強い腕の温もりと鼓動に、緊張が溶けていくのを感じた。…現実に帰って来たのは間違いではなかったと、素直に思える。

「ついさっき、マシンが止まったと思ったらいきなりあいつらが戦うのをやめたんだ。おかげであのクソ野郎を捕まえられた。…何をしたんだ？」

「…父さんが遺してくれていたＣｈａｉｎの停止コードを、メインサーバーで実行した。彼らもお前も、もう自由だ」

自由。その一言に、スレイブ兵士たち――否、兵士たちはざわめいた。弐号とアンバーがじっとこちらを見詰めてくるが、今は彼らに構っている余裕は無い。

「そうか。じゃあこれからは…」

「…何だ？」

「いや、何でもねえ。…ところで、これからどうするんだ？」

階下から大勢の人々のどよめきが上がってくる。メインサーバーが停止したことで、ドアのロックがいっせいに解除されたのだろう。異常事態にはとっくに気付いているはずだから、あと数分もすれば職員たちがここまで群れをなして押し寄せるはずだ。時間の猶予はほとんど無い。

日秋はすうと息を吸った。…大丈夫だ。烈が居てくれれば、どんな困難でも乗り越えられる。

「公安委員会と警視総監に全てを告発する」

「なっ……！」

目を剥いて起き上がったのは、北浦だった。

「そんなこと、出来ると思っているのか!?　総監はアムリタからの献金に懐柔されている。公安にも俺の配下は潜ませてある。お前の言い分など黙殺されておしまいだ！」

「僕の告発だけなら、そうでしょうね」

日秋は腕の端末を起動した。立体映像化させたモニターで再生するのは、動画ファイルだ。バックドアを使って脱出する前に、メインサーバーから集めておいたものである。

「…あ、…ああ、あ…っ…」

　怪訝そうだった北浦の顔が絶望に染まってゆく。

　動画には日秋たちがここに連れて来られてからのやり取りはもちろん、ふだんこの施設で行われている残虐極まりない人体実験までもが収録されているのだ。公になれば、北浦もアムリタも言い逃れは出来ない。北浦たちの息のかかった総監や公安の人間は黙らせても、他の人間の口までふさぐのは不可能だ。囚われている実験体たちも、やがて踏み込んでくる警察によって解放されるだろう。

「北浦さん。……貴方はもう、終わりです」

「う、…うう、…うわああああああああっ！　何故だ!?　俺は、…俺はただ、この国から犯罪を失くそうと…ただそれだけのために！」

　喚きながら何度も床を殴る北浦に、怖いくらい何も感じない。

　日秋にとって北浦はもはや父親代わりではなく、赤の他人に成り果ててしまったのだろう。父の最期の願いを叶えられた今、復讐心すら湧いて来ないのだから。北浦は近いうちに犯した罪の報いを受ける。それでじゅうぶんだ。

「よし！　そうと決まったらこんなとこ、さっさとおさらばしようぜ」

　烈も日秋の気持ちを敏感に察したようだ。場違いなくらい明るく言い放ち、日秋を抱き上げる。

「……諦める、ものか」

その時、這いつくばっていた北浦が不吉な言葉を吐いた。ぎらつく目が日秋と烈に絡み付く。

「俺は諦めない。…アムリタが駄目なら、別の企業を抱き込むまでだ。何としてでも逃げ延びて、また…、…ぐぎゃっ!?」

気丈に上げられていた頭が、ミリタリーブーツの分厚い靴底に顔面から床に押さえ付けられた。憤怒《ふんぬ》の形相で北浦の頭を踏みにじっているのは弐号だ。アンバーや他の兵士たちが同じ表情で北浦を取り囲む。

「――貴様の薄汚い欲望のために焼かれた者たちの恨み、晴らさせてもらうぞ」

弐号は入れ替わりの激しいスレイブたちの中でも、一番の古株だと別所から聞いた覚えがある。情報提供の見返りとして佐瀬に引き渡され、マスターデバイスを彩る宝石にされてしまった仲間たちを何人も見送ってきたのだろう。静かな怒りに同調した兵士たちが暴行に加わり、北浦はすぐに呻くことすら出来なくなる。

こうなることは予想していた。北浦に人生をねじ曲げられた兵士たちは、北浦が司直の手に渡る前に報復するだろうと。だから日秋自身は何もせず立ち去ろうとしていたのだが、まさかあの寡黙な弐号が口火を切るとは思わなかった。

「くそ、あいつ…」

烈は忌々しそうに弐号を睨むが、何のことだと日秋が尋ねても答えてくれない。まごつく日秋の前に、ひざまずいたのはアンバーだった。

「もうすぐアムリタの研究員たちがやって来るでしょう。一刻も早く脱出して下さい。……お父上のことは、俺が必ずお守りしますから」

「……っ……」

「アグレッサー。……早く」

アンバーに急かされ、烈は苦虫を噛み潰したような顔で出口に向かう。もうスレイブではなくなったアンバーが何故日秋のために尽くすのか。弐号の行動にも烈は何やら察しがついているようなのだが、この分では絶対に教えてくれないだろう。

「……親父さん、いいのか？　置いてけぼりにしちまって」

回廊の手すりから恐れも無く飛び降りる寸前、烈はぼそりと問いかけてきた。青灰色の双眸には、日秋の判断が理解出来るからこそのいたわりが滲んでいる。

……父さんを、連れて行くわけにはいかない。

十年もの間カプセルにつながれ、その頭脳だけを無理やり生かされてきた父は、人間としての生をとうに終えている。そしてメインサーバーを停止させた瞬間、完全に息を引き取った。カプセルの中に居るのは父の骸だ。

冷たい鋼鉄の棺から出して、連れて帰ってあげたい。けれど父の骸もまた、アムリタと

北浦の罪を裏付ける重要な証拠の一つなのだ。カプセルに安置されたまま、やがて捜査に踏み込んでくる警察に発見してもらわなければならない。アンバーもきっと日秋の狙いを理解していて、警察が到着するまでは必ずアムリタの研究員たちから守り通すと言ってくれたのだ。

日秋は静かに微笑んだ。

「……いいんだ。別れはもう済ませたから」

自分の願望が作り出した幻影でも構わない。父は最期の瞬間、確かに日秋の傍に居てくれた。烈の温もりに包まれていると、そう信じられる。

「居たぞ、アグレッサーだ！」

白衣を乱した研究員たちが左右から血相を変えて押し寄せてくる。まだ事態を正確に理解はしていないだろうが、貴重な成功例を逃がすまいと必死だ。日秋に至ってはＣｈａｉｎのメインサーバーの『後継機』である。

まき散らされる無数の殺気めいた欲望――でも、怖くない。日秋には烈が居る。

「連れて行ってくれ、烈。…僕の可愛いイヌ」

ぎゅっと逞しい首に縋り付いた瞬間、日秋は烈に抱かれたまま宙を跳んだ。

無事、研究所から脱出を果たした日秋が送り付けた動画ファイルは激震をもたらした。

警視庁では総監の二瓶や北浦の協力者たちが必死にもみ消しに動いたようだが、副総監以下の主要官僚のもとに同時に送信されてしまっては、もはや隠し通すのは不可能だった。公安委員会もこの前代未聞の事件に驚愕しつつも、即座に研究所へ捜査班を踏み込ませた。

研究所の地下には、スラムから拉致されてきた実験体やその成れの果てが劣悪極まりない環境で監禁されていたという。そこで目撃した光景に、荒事慣れした捜査員たちすら青ざめ、嘔吐する者も続出したようだ。

彼らは保護され、適切な治療を受けられることになったが、元の肉体を取り戻せそうな者は全体の半分以下らしい。残りの者たちは医療施設に収容され、そこで一生を終えることになるだろう。

捜査班が踏み込んだ際、最上階フロアで二体の遺体が発見されたそうだ。どちらも酷い暴行を受けた末に死んでおり、顔は原形を留めていなかった。そこでＤＮＡ鑑定を行った結果、公安三課長の北浦と五課長の佐瀬だと判明し、さらなる騒動をもたらした。彼ら二人が今回の事件の核であることはすでに動画ファイルによって明らかだが、彼らを殺しただろう元スレイブたちの姿は研究所内のどこにも無かったのである。

警察はいったんは捜査網を都内各地に広げたものの、早々に捜索を諦めた。諦めざるを得なかった、というのが正しいだろう。世界に名だたる大企業の非人道的な人体実験。そ

れだけでも一大事なのに、そこに現役の警察官がどっぷりと関わっていたのだから、少しでも醜聞が広まらないよう火消しに人手を割かなければならないのだ。

アムリタの研究員たちは全員身柄を確保され、順次事情聴取を受けている。現場の彼らはほぼ全員が人体実験を認めたそうだが、アムリタ本社は『アムリタ経営陣の指示ではない。研究所の暴走である』と主張し、企業としての関与は否定した。アムリタはヨーロッパの母国では首相よりも強い権力を握っているとされ、本格的に追い詰めたければ母国を相手取ることになる。おそらく政府から内々に指示があり、そこで捜査は打ち切りになるだろう。

五課は当然、解体となった。元々、公には存在しないものだったため、警視庁内での混乱はほとんど無かったらしい。勝野、別所、杉岡のかつてのマスターたちは公安で取り調べを受け、最終的には免職された。佐瀬と北浦のつながりまでは三人とも知らなかったようだが、スレイブに関わった者を残しておくわけにはいかない、というのが上層部の見解だ。実際はスレイブたちに対する扱いがあまりに酷かったための、懲戒免職だろう。

諸悪の根源であるアムリタは生き延びた形だが、日秋はひとまず満足している。研究所一つとはいえ、非道な人体実験を行っていたことは明るみに出たのだ。警察内部では誰もアムリタ本社の言い分など信じていない。少なくともこの先数十年の間は、人体実験が行われることは無いだろう。

これだけの大事件だったにもかかわらず、事件はどのメディアにおいても扱われていない。日秋が敢えて警視庁関係者に絞って動画ファイルを送り、送られた側もあまりの醜聞に極秘での処理を望んだからだ。

「……そう、か。教えてくれてありがとう、アンバー」

報告を聞き終えた日秋が頭を下げると、アンバーはひざまずいたまま小さく首を振った。何度立って欲しい、向かいのソファに座って欲しいと願っても聞いてくれないので、仕方なく好きなようにさせている。

「とんでもない。マスターのお役に立てて光栄です」

「あの、その『マスター』っていうのは…」

「俺にとって貴方は命の恩人であり、マスターですから。…そうですよね？　弐号」

綺麗な笑顔を向けられ、アンバーの斜め後ろにひざまずいていた弐号が小さく頭を上下させた。小山のような体躯なのに、無言で控えていられるとほとんど気配を感じない。

「恩人だなんて大げさだよ。僕は当然のことをしただけだし、君のおかげで父さんを弔《とむら》うことも出来た。感謝すべきは僕の方だ」

日秋が恐れた通り、アムリタの研究員たちは自分たちに不利な証拠を少しでも減らそうと、俊克の遺体を秘密裏に処分しようとしたそうだ。アンバーは彼らから遺体を守り通し、警察の手に引き渡した。驚くべきはそこからだ。

何とアンバーは警官に変装して警視庁内に潜入し、警視庁の動きを逐一日秋に流してくれたのである。この華やかな容姿からは想像も出来ないが、杉岡に整形させられる前は平凡な顔立ちで、人の記憶に残らないのをいいことに巨額の詐欺《さぎ》を働いていたのだそうだ。そこに佐瀬が目を付け、あらぬ余罪も付けられてスレイブになってしまった。かつての特技を存分に活かしたわけだ。

さらにアンバーは遺体の素性が十年前に殉職したはずの俊克だと判明した後、すみやかに遺族である日秋に渡るよう関係者に働きかけてくれた。下手をすれば証拠隠滅も兼ねて何年も冷凍保存される可能性すらあった遺体は、アンバーのおかげで一週間後には返してもらえたのだ。

そして昨日荼毘《だび》に付し、遺骨を母の眠る墓に収めてきた。十年前、北浦から渡された骨壺の中の骨は赤の他人のものと判明したため、警察に引き取ってもらってある。

日秋の十年にもわたる長い戦いに決着がついた。聞けば弐号も佐瀬に冤罪《えんざい》を着せられてスレイブに堕とされた身だそうだから、アンバー共々望めば戸籍を復活させ、普通の生活を取り戻せるはずなのだ。

なのに彼らは揃って日秋のもとにやって来た。日秋にはとても信じられない理由で。

「……黙って聞いてれば、お前ら。ふざけたことばっか抜かしてんじゃねえぞ」

烈が威嚇の唸り声を上げた。そう、烈も最初から同席していたのだ。ソファで日秋を膝

に乗せ、背後から檻のように抱き締めるという格好で。大人でも恐怖で気絶してしまいそうな殺気をまき散らす烈に何の関心も払わないアンバーと弐号は、佐瀬に目を付けられるだけあってさすがの胆力である。…ここは烈が世界じゅうにいくつも持つ隠れ家の一つ、烈の縄張りなのに。

日秋は動画ファイルを送り付けた後、その足で辞表を提出した。警察官のままでいたら日秋にも捜査の手は伸びただろうし、北浦の影響を受けた人間がまだ残っている可能性もある。これ以上余計なトラブルの種にはなりたくなかった。警察官という職業に今さら未練も無い。

早々に寮を出ることになった日秋を、烈は都内近郊の隠れ家に誘った。それから昨日で一週間、普段の烈からすれば信じられないほどの忍耐力を発揮していると思う。報告に来たいというアンバーに隠れ家の場所を教えることを許し、日秋についても——だが、さすがに今日のアンバーの願いだけは受け容れがたいらしい。

「これからもイヌとして日秋に従いたい、だと？　しかも、研究所から逃げた他の奴らも一緒に？　そんなこと許せるわけねえだろうが！」

「アグレッサーに許してもらう必要がどこに？　俺がお願いしているのはマスターです。貴方ではありませんよ」

飄々と笑うアンバーの後ろで、弐号も頷いている。アンバーが情報収集担当なら、弐号

は兵士たちの統率担当だ。兵士――そう、兵士である。あの日、元スレイブ兵士たちの指揮を執り、研究所から一人残らず脱出させたのは弐号の手腕なのだ。佐瀬に嵌められる前は紛争地帯を転々とする傭兵だったらしい。

「これは貴方にとっても利のある話だと思いますがね、アグレッサー」

「俺に…だと?」

「貴方はいずれアムリタを壊滅させるつもりなのでしょう？　アムリタはこの世に存在する限り、貴方を…Ｃｈａｉｎの生みの親の息子であるマスターも諦めない。跡形も残らず潰さなければ、真の平穏は訪れませんからね」

　立て板に水とばかりに並べられる弁舌は、詐欺師の面目躍如《めんもくやくじょ》と言うべきだろうか。日秋は烈がわずかに身じろぐのを感じた。アンバーの推測は正しいのだ。

「アムリタは世界じゅうに根を張る多国籍企業です。トップを優先的に潰していくにしても、貴方一人では何年かかりますか？　その間、マスターは危険にさらされ続けるというのに」

「……」

「俺たちが加われば、壊滅までの時間を大幅に減らしてみせますよ。一人一人の戦力はアグレッサーに遠く及びませんが、数は力ですからね」

「……あ、あの……」

日秋がおずおずと割り込むと、今にも張り裂けそうだった空気が一気に弛緩《しかん》した。すかさず日秋を隠そうとする腕を押しのけ、アンバーに疑問を投げかける。

「君たちはどうして僕をマスターと呼んで、従おうとするんだ？　恩というなら、もうじゅうぶんに返してもらった。君たちは自由なんだ」

「……自由になったからこそ、ですかね」

つかの間考え、アンバーは首筋に触れた。そこに首輪型の爆弾は無い。弐号と烈の首にも。

「Ｃｈａｉｎの停止コードが実行された時、ずっと締め付けられ続けていた頭がすうっと楽になったんです。北浦の声も、あのクソビッチの声も聞こえなくなって…本当に久しぶりに晴れ渡った頭に、真っ先に閃いたのは…マスター。貴方の顔でした」

「……え……？」

「貴方に命令されたい。貴方の願いを叶えたい。それだけしか考えられなくなりました。確かめてみたら、弐号や他の奴らも同じだっていうじゃないですか。ちょうどいいので弐号に纏め上げてもらって、警視庁の内偵にも協力させて…」

「ちょ、ちょっと待ってくれ！」

予想外の情報が多すぎる。たまらず待ったをかけ、日秋は思考を整理してから再び口を開いた。

「…それは、まだ君たちがパニッシュメントの影響下にあるということ？」

首輪は外れても、彼らの体内からパニッシュメントは除去されていない。投与された位置が重要な神経の集中するエリアに近く、除去手術に大きな危険が伴うためだ。停止コードが実行された以上、機能を失ったパニッシュメントが元スレイブたちに悪影響をもたらすことは無いはずなのだが…。

「いいえ、それはありません。スレイブだった者にしかわからない感覚だと思いますが、見えない力で押さえ付けられているようなあの感覚が綺麗に消えていますから。俺だけではなく、弐号や他の奴らもそう言っています」

「…そうなのか、烈」

問いかければ、烈は日秋の肩口に埋めた顎を上下させた。

「パニッシュメントが何か悪さをしている…ってことは無いと思う」

「烈が言うなら、そうなんだろうが…」

だとしたらますます不可解だ。アンバーや弐号はまだしも、元スレイブ兵士たちとはあの日初めて会ったはずである。日秋との関わりは無に等しいのに、揃って日秋に従いたがるなんて。

「……あ……」

「どうした、日秋」

「うん、…ちょっと思ったんだけど…」

アンバーと弐号を含めた元スレイブたちは、長らくＣｈａｉｎの支配下にあった。パニッシュメントに心身を制御されるのが当然の状態が続いていたのだ。過酷な状況に適応してしまった肉体は、解放されたことがにわかには理解出来ず、俊克の実子であり停止コードの実行者でもある日秋に未だ従おうとしているのではないか——。

「パニッシュメントの最後っ屁みたいなもんか…ありえない話じゃねえな」

日秋の説明に、烈は渋面で唸った。屁とは何事か、と抗議するアンバーと弐号を睨み、苛々と指先で唇をなぞる。

「だが…だとすれば、こいつらはいつまで屁の臭いに酔っ払ってるんだ？　まさか一生とか言わねえだろうな」

「さすがに一生は無いと思うけど…いつまでかは僕もわからないな」

我ながら情けないが、生きたままパニッシュメントから解放された元スレイブという前例が存在しないので検証のしようが無いのだ。影響が全部抜けたかどうか、確認する方法はアンバーたちの自己申告のみである。さらに言えば、この推測が本当に正しいかもわからない。

「……それじゃあ、こいつらが『治りました』って言わない限り付き纏われるってことじゃねえか！　そんな疫病神みたいな奴ら、日秋の傍になんて置いておけるか！　さっさと帰

れ！」

「烈……っ！」

日秋を抱き上げ、アンバーたちを蹴り出そうとする烈の腕に、日秋は必死にしがみ付いた。青灰色の瞳を見詰め、懇願する。

「頼むよ、烈。アンバーたちを受け容れてあげてくれないか」

「何……？」

「彼らはＣｈａｉｎの…父さんの『遺産』の被害者なんだ。僕は父さんのたった一人の息子として、彼らに償わなければならない。彼らの望みを叶えてやりたいんだ」

しん、と室内に沈黙が落ちた。アンバーと弐号と烈が、さっきまでいがみ合っていたとは思えないタイミングでそっくり同じ痛ましげな表情を浮かべる。

「親父さんのせいじゃねえよ。悪いのは北浦だ」

「そうです、マスター。貴方たち父子は北浦に全てを奪われた被害者ではありませんか」

烈にアンバーが同意し、弐号も無表情ながらほんのり熱を感じる顔で頷く。ここだけ見たら、実はものすごく仲良しなのではないかと思える意気投合ぶりだ。

「それでも、父さんが結果的にたくさんの人々の人生をねじ曲げてしまったのは事実だ。…僕は父さんの罪を償いたい。今となっては、それだけが僕に出来る唯一の親孝行だと思うから」

「……日秋……、……ああ、クソッ！」

　獣のようにぐるぐると喉を鳴らして煩悶し、だんっ、と烈は床を踏み鳴らした。小揺るぎもしないアンバーと弐号にびしりと指を突き付け、やけくそになったように宣言する。

「お前ら…、ぼろぼろに擦り切れるまでこき使ってやるから、覚悟しとけよ！」

「──望むところですよ」

「承った」

　アンバーはふてぶてしく、弐号はほのかな笑みを浮かべ、それぞれ左胸に手を置きながら請け負った。

「ではこれから、俺たちはアグレッサーの指揮下に入ります。ああ、普段は呼ばれない限り別拠点に控えますのでご心配無く」

「そんなの当たり前だ。恩着せがましく言ってんじゃねえ。……さっさと失せろ」

「ご連絡をお待ちしております。長い付き合いになりそうですので、ごひいきに」

　低く恫喝する烈に慇懃無礼《いんぎんぶれい》な一礼を、その腕に囚われた日秋には親しげな笑みを送り、アンバーは弐号と共に引き上げていった。見事なまでの去り際はさすが元詐欺師、と感心する暇も無く、今度は日秋が烈の牙にさらされる。

「──なあ。俺は、いい子にしてたよな」

　互いのまつげが触れ合いそうなほど近づけられた青灰色の双眸には、いっそ殺気と呼び

たくなるほどの熱情がぎらついていた。ここに隠れ住んでから秘め続けてきたそれを、もはや隠す気は無いらしい。

「ずっとずっとずっと、いい子にしてたよな？」

にこりと、笑う。捕食者の笑みに背筋が粟立った。震える手を、烈は優しく己の股間に触れさせる。…熱い。硬い。でも、怖くない。

「ああ。…お前は、いい子だった」

アムリタの研究所から脱出して今まで、烈は日秋と一度もまぐわっていなかった。あれほど『ご褒美』を熱望していたのだ。隠れ家に連れ込まれてすぐ抱かれるだろうと、半ば覚悟していたのに。

代わりに視線で舐め回された。服を着ていても、全裸で脚を開かされているような気分だった。

どうして抱かないのかとは問わなかった。言葉よりも雄弁な眼差しが教えてくれたからだ。…烈は待っている。日秋が十年前の因縁に決着をつけ、自由になる瞬間を。日秋を自分だけで埋め尽くすために。

「じゃあ、今日こそ教えてくれるよな？　あの日、研究所で俺に…」

唇に重ねられるかと思っていたそれが頬をなぞり、日秋の耳朶を食む。

「……『好きだ』」

「…ぁっ……」

「って、俺に言った意味を。……まさか、俺を止めるための嘘じゃないよなあ？」

ぬるりと耳の穴に舌が入ってくる。ねっとりした感触といやらしい水音に、鼓膜が侵されていく。

鼻腔をくすぐるかすかな匂いに、股間が疼いた。熱を帯びた烈の肌から滲み出る、発情した雄の匂い…ベッドの中で、腹の奥を突かれながら包まれた…。

「…嘘…、なんかじゃ、ない…」

「ふうん？　…嘘じゃなきゃ、何なんだ？」

ねちょねちょと耳穴を侵す舌は、きっと日秋をそそのかしているのだ。本当のことを言えば、すぐにでも尻を同じように犯してやると。あの、凶器めいた肉の杭で。

「なあ、言ってくれよ…日秋」

「ひ…っん、…あっ、…ぁっ…」

「追い詰められたからじゃなくて、お前の口で。俺と同じ気持ちだって…」

とろ、と耳穴から生温かい唾液が溢れる感触は、頭に焼き付いた鮮烈な記憶を引きずり出す。孕みきれないほど精液を注がれ、充溢した雄で蕾に栓をされて垂れ流すことも許されず、ひくつく腹を大きな掌で優しく撫でられた記憶。このままもっと孕めるだろう？と甘く囁いた残酷な声…。

「…同じ、じゃ、ない」

流されてしまえば楽になる。わかっていても反発せずにはいられなかった。

「僕と…、お前は、同じじゃない、だろ」

「…え…、日秋…?」

「僕はお前を、…好きになった、けど…、お前は、僕を好きなんかじゃないだろ」

「え、……えええぇ!?」

劣情に蕩けかけていた烈が、一気に真顔になった。大慌てで日秋をソファに座らせ、自分は向かい合わせで床に正座する。

「な、何でそんなことになるんだよ！　俺、あんたが好きだって…愛してるって何度も言ったよな!?」

「……どうして?」

「どうしてって、…そんなの、あんたがむちゃくちゃ綺麗で可愛くて賢くていじらしくて健気で頑張り屋で…」

「だから、どうしてそんなことがわかるんだよ。…僕たちはまだ、出逢って二か月も経ってないのに」

潰れてしまいそうな心臓を、シャツの上から押さえる。心配そうに伸ばされる手をはねのけ、日秋は烈を正面から睨んだ。

「…パニッシュメントのせいじゃ、ないのか」

烈が日秋に好意を抱いてくれたことは、嘘ではないと思う。日秋の容姿も烈の好みではあったのだろう。

だがそれを急速に強い愛情へ変化させたのは、きっとパニッシュメントなのだ。さもなくば説明がつかないではないか。初対面の相手のために捕まって自らスレイブになり、命を投げ出してまで守ろうとするなんて。世界に名を馳《は》せた侵略者《アグレッサー》が。

ただ一方的に言い寄られている時には、別に構わなかった。なのに自分もまた烈を愛していると気付いた瞬間、身勝手にもそれでは嫌だと思ってしまった。

「——違う！」

烈は前のめりになり、床に両の拳を打ち付けた。

「パニッシュメントは関係無い！　俺はあんたを愛してる。この気持ちは、何に強制されたもんでもねえ！」

「信じられない。初対面の相手のスレイブになって、命懸けで守ろうとするだなんて、そんな…」

「……じゃ、ないって言ったら？」

「……え？」

ぼそぼそと呟かれた告白は、ほとんど聞き取れなかった。きょとんとする日秋に、烈は

『可愛い顔しやがって、反則だろ』だの『くそ、早くヤりてえ』だの不穏な台詞を口走った後、頬をうっすら紅く染めながら告げる。

「俺とあんたは、……初対面では、ありません」

何故、突然敬語なのか。

「…僕は、お前と会った覚えなんて無い」

「それは当然だ、…と思います。正確に言えば、俺があんたをずっと見てたからだ、…でございます」

わかりづらいことこの上無い敬語をやめさせ、説明させたところによるとこうだ。

十年前の爆破事件の後、烈は濡れ衣を着せられたことに憤りつつも、犠牲になった俊克の遺族が気にかかり、こっそり様子を窺いに行ったのだそうだ。殉職した警察官は他に何人も居たのだが、畑違いのエンジニアにもかかわらず出動させられた俊克に強い疑問を抱いたせいだという。

「…ちょうど親父さんの葬儀の最中だった。あんたは真新しい喪服を着て、参列者に挨拶をしてた」

「…………」

そう言えばそんなこともあった。父の突然の死に耐え切れず、倒れてしまった母の代わりに日秋は喪主を務めたのだ。日秋とてショックは大きかったから、弔問客に応えを返す

のが精いっぱいで、ろくに記憶も残っていないのだが…。

……烈が、どこかから僕を見ていた？

「俺より少し年上なだけなのに、泣きたいのを必死に我慢して気丈に振る舞うあんたは綺麗で…一瞬で心を持って行かれた」

「……んっ？」

何か、聞き捨てならないことを耳にした気がする。だが聞き返す前に、烈は熱っぽく告白を続けた。

「それからずっと、アムリタの施設を破壊しながらあんたを見てた。あんたはお人形みたいに綺麗なくせに大胆で、命知らずだ。あちこちのサーバーにダイブし始めた時には心配すぎて頭がおかしくなるかと思った」

「いや、烈、あの」

「だから俺もあんたの後を追いかけてダイブして…はらはらしてるうちに、気が付けばあんたに堕ちてた。危なっかしいあんたを、ずっと傍に居て守りたいと思ったんだ」

「……、……」

もう何から突っ込めばいいのかわからず、日秋は口をぱくぱくさせた。…烈が日秋よりも年下だって？　てっきり二十代の半ばか後半くらいだと思っていたのに。二十三歳の日秋より下となると、ひょっとしたら十代の可能性もある。日秋が父を亡くしたのは中学に

入って間も無い頃だったから、日秋を見初《みそ》めた時の烈は確実に小学生だ。まあ、学校なんて通っていなかっただろうが。

……その小学生が、僕を追いかけてダイブしてただって？

日秋に命を大事にしろと説教しておいて、烈の方がよほど命知らずではないか。呆れて言葉も出ないが、納得出来るものもあった。警視庁のサーバーに残されていた、日秋以外の命知らずなハッカーのアクセスログ。あれは日秋を追いかけた烈のものだったのだ。下手を打てば命を失いかねない警視庁サーバーに何度もダイブするようなハッカーなど、『イレブン』以外には烈ぐらいしか居まい。

「……お前、結局今いくつなんだ」

ぐるぐる悩んだ末に、出て来たのはそんな間抜けな問いだった。うーん、と烈は指を折っては伸ばすのをくり返した。記憶をたどっているようだ。

「今年、二十歳になったばっかだな」

「二十歳……」

まだ学生でもおかしくないじゃないかと驚くべきか、ひとまず未成年でなくて良かったと思うべきか。烈の父親はどうやら複雑な血筋の主だったようだから、実年齢より上に見えてもおかしくはないのだが、アグレッサーがまだ二十歳の青年だと知れば各国の捜査員は腰を抜かすだろう。

「…日秋は、年下は嫌いなのか？」

意識してやっているのか、いないのか。長いまつげを震わせる上目遣いに、どきりとするほどの艶が滲む。未だ二十歳でこの色気。あと五年、十年経ったら、どれくらいの色男に化けるのか。

「き、…嫌いじゃない」

「じゃあ好きか？」

そっと手を取られ、壊れ物を扱うかのような丁寧さで指先に口付けられる。愛を乞うその唇よりも、からめとろうとする眼差しの方が熱い。

「頼むから、もう一度言ってくれよ。俺が好きだって」

「…れ、…烈…」

「あんたの心をくれるなら、俺は何だって出来る。…代わりに、俺の全部を日秋にやるから…」

――頼むよ。

かすれた懇願は、きっと運命の分岐点だ。受け容れれば、日秋は何があろうと死ぬまで烈から離れられない。この男の心臓を自分の心臓と思い、同じ道を進み続けることになるだろう。

そしてもし、拒んだら。

「…はは…っ……」

乾いた笑いがこぼれた。もしも何も、拒む選択肢などはなから存在しないのだ。だってこの男は、日秋を絶対に逃がしてくれない。アムリタさえ持て余したナノマシンを完璧に飼い馴らした侵略者《アグレッサー》に、抵抗するすべなど無い。

だったら。

「……好きだよ、烈」

「——っ…」

「長い間待たせてごめん。僕もお前を愛してる。…そして、ありがとう。僕と父さんを助けてくれて」

「あ、……あ、……ああ……」

青灰色の双眸にみるまに涙の粒が盛り上がり、なめらかな頬を伝い落ちる。ぶるりと大きく身を震わせ、烈はくたくたと土下座をするような格好で床にへたり込んだ。

「……良かった」

大丈夫かと慌ててしゃがみ込む前に、安堵の溜め息が聞こえてきた。

「ずっと声もかけずにこそこそ見てたなんて気持ち悪いって、嫌われるかもしれねえって思ってた…」

「…嫌われたら、どうするつもりだったんだ?」

「寝室に閉じ込めて、俺をずっと孕ませ続けておこうかと…」

実はちょっと思っていたことは内緒で問えばそんな答えが返ってきて、素直に告白しておいて良かったと日秋はついさっきの自分にしみじみ感謝した。…烈なら本当にやりかねない、いや、本当にやる。

日秋はソファを下り、烈の前に座り直した。逞しい肩を掴み、へたり込んだままの上体を起こしてやる。

「そんなことをしなくても、僕はお前の傍に居る。お前がそうしてくれたように」

「日秋…っ、…ほ、…本当に？　本当に傍に居てくれるのか？　俺の、俺だけのものになってくれるのか？」

青灰色の双眸で歓喜と希望、そしてかすかな不安がせめぎあう。そんな表情をしていると、烈がまだ二十歳の青年だということがひしひしと感じられる。

「不安なら確かめてみたらどうだ？　…僕が誰のものか」

むしょうにこの男を慰めてやりたくなって、日秋は自らシャツのボタンを外した。はだけたシャツから覗く白い素肌に、烈はごくりと喉を鳴らす。

まるで初めて抱かれたあの日に戻ったみたいだ。けれど日秋の心には、確かにある。あの日には無かったものが…烈が愛おしくてたまらない気持ちが。一方的に乱されるのではなく、共に熱を分かち合いたいという欲望が。

「…ま…、待ってくれ！」

烈は真っ赤になって叫び、日秋が脱いだシャツを奪い取った。左手でシャツの匂いを嗅ぎながら、右手でジーンズの前をくつろげる。

もどかしそうな手付きで下着から取り出されるなり、雄はぼたぼたと物欲しげなよだれを垂らした。日秋の視線を浴び、ますます昂るそれに、烈はまだ飼い主の温もりが残るシャツを絡める。

「…な…っ、何を…」

薄いシャツは大量の先走りを吸い、たちまち濡れそぼった。透けた布地が張り付いた雄ははちきれんばかりに漲り、ぞくぞくするほど卑猥《ひわい》に見える。

「あんたを、…壊しちまう、から…」

シャツごと己を扱き立てながら、烈は荒い息を吐いた。熱情の光がちらつく青灰色の双眸は、嵐の海のように荒れ狂っている。

「このままあんたを抱いたら…、もっと奥まで犯して、壊れるまで犯しちまう…。…俺のこと、好きだって言ってくれたあんたを…」

「あ…ぁ、烈…」

「は…っ…、…日秋…、日秋っ！」

どくんっ。

日秋の耳にも届くほど大きく脈動し、雄はほんの数度擦られただけで大量の精液を吐き出した。シャツの薄い布地だけではとうてい受け止めきれず、漏れた白い液体が烈の手を伝い落ちる。

「……は、……あ……」

濃厚な雄の匂いを嗅いだ瞬間、一度も触れられていない蕾が甘く疼いた。日秋はそっと烈の手に触れ、指先に付着した精液を唇に運ぶ。

「……はる、あき……」

達したばかりの壮絶な色気を滲ませる顔で、呆けたように見詰める烈を可愛いと思ってしまったのは、この男が年下の青年だとわかったからだろうか。べっ、と紅い舌を見せ付け、指先の精液を塗りたくる。

粘度の強いそれは日秋の舌にこびりつき、なかなか喉には流れていかない。ゆっくり舌を引っ込め、口蓋に擦り付けるようにして呑み込んだ。…ごくん。日秋の嚥下《えんげ》の音と、烈が唾を飲む音が綺麗に重なる。

どうか見せてくれと、ぎらつく青灰色の双眸が無言で懇願する。

日秋はふっと微笑み、再び舌を出してやった。喉を鳴らした烈が、辛抱たまらないとばかりに唇に噛み付いてくる。

「んん…っ…、ふ…」

我が物顔で入り込んできた舌が日秋のそれを舐め回した。口内に広がる、こってりと濃い雄の味。わずかに舌にこびりついていた分まで味わわせようとする執念に、股間が熱くなる。

「…ふ…っ…、んぅ……」

互いの唾液と精液の混じり合った液体を飲み下し、日秋は烈の股間に手を伸ばす。口付けに夢中になっていたせいでほったらかしだった雄は、纏わり付いていたシャツを剥がし、じかに握ってやっただけで生き物のように跳ねた。

「うっ…、ん、んっ……」

慌てて出て行こうとする烈の舌をからめとる。開いたままの青灰色の瞳が抗議するように眇められても、構わず雄を揉み込んだ。初めて抱かれた日には恐怖でしかなかった猛々しさが、今日は愛おしくて憎たらしい。

日秋の手には余る大きさの雄からじょじょに指を滑らせ、根元にぶら下がる双《ふた》つの嚢《ふくろ》を包んでみる。

ずっしりとした重さに、日秋は恍惚と目を細めた。こんなにたくさん溜め込んでいては、一度出しただけではとても足りないだろう。二度でも三度でも四度でも…その全てを我が身で受け止めるのだと思うと、それだけで身体は熱を帯びる。

「……あんたって奴は……」

ねっとりと唾液の糸を引きながら唇を離した烈が、舌先を触れ合わせたまま睨んできた。普段は見上げるしかない男の上目遣いは、日秋にえもいわれぬ快感と愉悦をもたらす。

「…どうして…、こんなことばっかり、するんだよ…。俺がせっかく…」

「我慢なんて、されたくない」

陰嚢から雄の裏筋をつつっとなぞり、再び肉茎を握り込む。掌に伝わってくる小刻みな脈動は、二度目の限界が近いことを示していた。

「僕はお前が好きだから、お前の全てを僕のものにしたい。…お前のこれを」

「あ…っ…、は、るあ、き…」

「僕の中に受け容れて…、熱くて濃い精液、全部、注いで欲しい…」

外に出されるなんて悔しくてたまらない。そう詰る代わりに、つらそうに脈打つ雄をきつめに握ってやった。青灰色の双眸が狂暴な光を帯び、日秋を射る。

「…本当に、全部?」

「ああ」

「俺の好きなように…、全部、…あんたに孕ませて、いいのか?」

こくりと頷き、日秋は立ち上がった。張り詰めた雄を放り出され、烈が恨めしげな顔をしたのは一瞬。その凶悪な面相はすぐ興奮に染まる。日秋が下着ごとズボンを脱ぎ落としたことによって。

シャツはすでに脱いでしまったから、残るは靴下だけだ。それも脱ごうしたら、烈に慌てて止められた。まさかこの期《ご》に及んでまだ傷付けたくないとか抜かすつもりか。むっとしかけた日秋に、烈は荒い呼吸をくり返しながら差し出した。…烈の精液をたっぷり吸ったシャツを。

「…それを、羽織ってくれ。俺の匂いをぷんぷんまき散らしてるあんたを、思いっきり犯してやりてえ」

「お前、……前から思ってたけど、変態だな」

好きなようにしていいとお許しが出たとたん、これである。日秋はつい軽蔑の眼差しを送ったが、烈はふてぶてしく笑った。

「恋する男は皆変態なんだぜ、日秋」

「…じゃあ、僕も変態だって言いたいのか？」

「変態だろ？　…ここ、一度も触ってないのにこんなにしやがって」

烈は膝立ちになり、日秋の肉茎をちょんとつついた。宙で揺れるそれは熱を孕み、勃ち上がりつつある。

「俺に美味いの飲ませてくれるために、勃ててくれたんだよな？」

女を悦ばせるためでも、子種を蒔《ま》くためでもない。ただ男の欲望を満たすためだけのものになったのだと宣言されてしまったのに、屈辱は微塵《みじん》も湧いてこなかった。この男を劣

情に染め上げられるのは自分だけだとわかっていたから。

「違う、と言ったら？」

悪戯《いたずら》心で問い返せば、成人男性でも失神しかねない狂暴な——けれど凄絶な色をしたたらせる笑みを返された。

「勃たなくなるまで搾り取る。俺以外の奴らに盗られないように」

「…じゃあ、そうだと言ったら？」

「一滴残らず搾り取る。俺のだからな」

決まってるだろ？　と笑う烈に、こめかみが引きつった。どちらを選んでも結局同じではないか。けれど烈はにやにやしながら日秋の答えを待っている。

「……お前のために勃てた、……っぁ！」

渋々と答えたとたん、烈は日秋の太股を抱え込むようにして股間に顔を埋めてきた。唇で肉茎を探り当て、ためらい無くしゃぶる。くすぐったさと熱にびくつく日秋を、青灰色の双眸が無言で促す。願いを叶えて欲しいと。

「…あ…っ、……」

男にしゃぶられながら、その男の精液でべとべとになった自分のシャツに袖を通す。なるほど変態だ。日秋は妙な納得感を噛み締め、濡れたシャツを羽織った。冷えた精液は肌に吸い付いた瞬間こそひやりとするが、すぐに日秋の体温を吸って温かくなる。

「は…っ、あぁ…っ…、ん……」

もう一人の変態の動きがにわかに激しくなった。首を大きく上下させ、じゅっぽじゅっぽと肉茎をしゃぶりたてる。望み通り自分の匂いを纏った飼い主にそそられたのか、このままではまた日秋の外に出してしまうと焦ったのか。きっと両方だろう。ちらちら見え隠れする烈の雄は可哀想なくらい反り上がり、早く日秋の中に種を蒔きたいと泣きじゃくっている。

いつしか日秋は素肌に付着した精液を拭い、背後に手を回していた。震える己の尻たぶの狭間に指を潜り込ませ、つぷり、と蕾に差し入れる。

「……ひぁっ……！」

自分のものとは思えない、かん高い悲鳴がこぼれた。初めて触れた己の媚肉が予想以上に熱かったから、ではない。

「は…ぁっ、…や…っ、…烈、…ぅ……」

烈の鋭い犬歯がやんわりと肉茎に食い込んでいる。今は甘噛み程度だが、烈が少しでも力を入れれば、柔な肉茎は簡単に噛みちぎられてしまうだろう。

——そこに入っていいのは俺だけだ。あんた自身でも許さねえ。

「だ…、って、…早く…」

殺気と紙一重の怒気を発散する青灰色の双眸に、日秋はいやいやをするように首を振る。

「早く、…中に、出して欲しい、から…」

「……っ……！」

きつくまぶたをつむった烈が先端のくびれに甘く歯を立てる。同時に強く吸いたてられてしまっては、渦巻く熱を解放するしかなかった。

「あ…あっ、ああ、…あ……」

宣言通り一滴残らず搾り取られながら、日秋はひっきりなしに嬌声をほとばしらせた。射精の瞬間、きゅうっと蠕動《ぜんどう》した媚肉が指を締め付けてくる。逃がさないと言わんばかりの強さに、頬が真っ赤に染まっていくのがわかった。きっと烈自身をここに銜え込んでいる時も、こんなふうに…。

「……わかっただろ？　俺が何で、あんたを放せなくなっちまうのか」

肉厚の唇を舐め上げ、烈は背後に回された日秋の腕をいやらしく撫でる。

「あんたの中、きついくせに柔らかくて、俺にきゅうきゅうって喰い付いてくるんだ。中に出してやったら、嬉しい、もっといっぱい出してってもっと絡み付いてきてよ…そんなふうにされたらもう、腰を振ることしか考えられなくなるだろ？」

「…あっ…ん、ああ、あっ」

「だからここも俺だけのものなんだ。俺だけがここに入って、擦り切れるくらい突きまくって、腹ん中ぱんぱんにしてやれる。…そうだよな？」

ずず…っ、と烈の指が未だにうごめいている媚肉を割って入ってくる。同じ指一本なのに、日秋より長く硬いそれは圧倒的な存在感でぐりぐりと気持ちいいところを抉る。

「ひ…っあ、あぁ、あ、あんっ」

「なあ、日秋。……お返事は？」

「あ、……あ――っ！」

敏感な媚肉の膨らみを強く擦られ、視界にいくつもの星が散った。達したばかりでまたイってしまったのかと思ったが、違うようだ。ぼやける目で見下ろした性器は項垂れたままで、どこにも精液は散っていない。

「……いい、返事だぜ」

ゆっくりと指を引き抜いた烈の顔には、獣めいた笑みが浮かんでいた。全身に力が入らず、くたくたとくずおれそうになる日秋を担ぎ、ソファに座らせる。両脚を大きく開かせ、萎えた性器もわずかにほころんだ蕾も丸見えの状態で。

「…烈…？　僕、は…」

何が起きたのかわからず眼差しで縋れば、烈は可愛くてたまらないとばかりに唇を吊り上げる。

「中だけでイったんだよ、あんたは」

「…中、だけ、で…」

「もう完全に俺のものだ。…ここには俺しか入れないんだからな」

烈はがっちり掴んだ日秋の両脚を持ち上げた。浮かんだ尻のあわいに、暴発寸前の雄をあてがう。焼かれてしまいそうな熱さにめまいがした。これほどの熱を、よくも今まで抑え込めていたものだ。…抑え込んでいた分、これからたっぷり受け止めさせられてしまうのだろうが。

「…あ…っ、い、…っ、あ……」

烈と自分の指を銜えていたとはいえ、まだ太いものを受け容れられるほど解されてはいない。それでも我慢出来ないのは日秋も烈と同じだった。必死に力を抜き、侵入してくる異物を呑み込む。

烈が腰を進めるたび身体はみしみしと不吉な音をたて、限界を超えて拡げられた蕾は鈍い痛みを訴える。

その痛みが嬉しかった。パニッシュメントから解放された烈は、罰を恐れず日秋にどんなことでも出来る。痛みさえも分かち合える。

「…はぁ…っ、…日秋…」

烈が太い眉を寄せる。日秋に苦痛を与えることは、烈の望みではないのだ。けれど同時に日秋が己の大きなものを呑み込みきれずに喘ぎ、苦しそうにする姿にこの上無い興奮を覚える。そんな自分に嫌悪を感じている。

日秋以外には強いのに、日秋だけには弱い。日秋以外には厳しいのに、日秋だけには甘い。日秋だけは甘やかしたいのに、日秋だけは泣かせてみたい。烈は矛盾の塊だ。その全てに日秋が関わっているのなら、矛盾さえも愛おしい。

「…早く、ここまで来て」

重たい腕を持ち上げ、日秋は臍《へそ》のあたりに触れた。裂けてしまいそうなほど拡げられた入り口がひくりとうごめく。

「っ…ああ、……日秋……！」

「ひ、……ん、あ、ああ……！」

ずぶぶぶぶ、といきり勃ったものが一気に押し入ってきた。内臓を押し上げられる息苦しさも圧迫感も、初めての時よりずっと強い。口を開けておかなければ、息が止まってしまいそうだ。

……でも、それがいい。

初めての時は烈にパニッシュメントの罰を喰らわせないよう必死だった。でも今日は熱も快楽も苦しさも、烈がくれるもの全てをじっくりと味わえる。

「…烈…っ、あ、…烈ぅっ…」

雄々しく律動する腰に両脚を絡め、ぐいと引き寄せる。烈は喉を鳴らし、乱れたシャツの上から透けた乳首を薄い肉ごとまさぐった。精液のおかげでにゅるにゅる滑る感触はく

すぐったいけれど気持ちいい。

「日秋、…日秋、俺の…っ…」

たちまちぷくんと尖った乳首にむしゃぶりつき、烈は一心不乱に日秋の腹を擦り上げる。一突きされるたびに媚肉は烈の形を思い出し、もっと奥に来てもらおうと健気にほころんだ。歓喜した雄はますます膨れ上がり、ずるずると潜り込んでいく。

「…あぁぁ…っ…、あ、あんっ、ああ…」

先端がとうとう覚えのあるところにたどり着いたのを感じ、日秋は身を震わせた。ここが最奥だ。蕾から臍の裏側あたりまで、日秋自身すら届かない腹の中を烈がみっちり満たしている。

「好き…、烈…」

マスターとスレイブのくびきから解き放たれ、ただの烈と日秋としてつながれた。嬉しさと愛おしさが溢れ、日秋は胸に吸い付いて離れない烈の黒髪に指を埋めた。腹の中の雄がどくんどくんと脈打つ。まるでもう一つの命を宿したみたいに。

「…ああっ、あああ、あ…!?」

思わずのけ反ってしまったのは、ずぐり、と先端が最奥のさらに先にめり込んだせいだ。さっと首筋に悪寒が走る。…馬鹿な。駄目だ。何度か烈を受け容れたことのある隘路でさえ極太の肉杭を頬張るのに必死なのに、その先は…そんなところに、子どもの拳くらいあ

りそうな先端なんて入るわけが…。

　ない、のに。

「―――っ!?」

　ぐぽ、と先端は蕾よりもさらに小さな最奥の孔《あな》を突き抜け、嵌まり込んだ。さっきまでとは比べ物にならない異様な圧迫感に咳き込めば、烈がおもむろに顔を上げる。青灰色の双眸を陶酔に蕩かせて。

「……はあ……、日秋……」

「だ、…め、烈。お願いだから喋らないで…」

　喋る時のかすかな振動すら、先端の嵌まった部分に伝わると今まで感じたことの無い妙な疼きに変わってしまう。自分が自分ではなくなってしまいそうで怖いのに、烈は歓喜に頬を染める。

「…まさか、いきなりここまで犯せるなんてな…」

「あ、あっ、や、ああっ」

「嬉しいぜ、日秋。…あんた、本当に俺を受け容れてくれたんだな…」

　ぐぽ、ぐぽんっ、と烈が腰を突き入れるたび孔はひしゃげ、熟した先端を呑み込まされる。誰も入ってはいけない場所に、烈を受け容れている。焦燥とかすかな愉悦が混ざり合い、はっはっと吐き出す荒い息には熱が滲む。

「好きだ…、日秋。ガキだった頃、あんたを見た瞬間から……」

「…ひぃ…っ、あ、だ、駄目…、そこ、ぐりぐりしちゃ、駄目ぇっ」

「はは…、あんたのいいとこ、ここにもあったんだな」

駄目、駄目と日秋が泣いて訴えるたび、烈は狭いそこをこそぐように抉る。まるで腹の中を直接拳で突き上げられているみたいだ。薄くしか肉のついていないそこが内側から突き破られてしまわないか、本気で心配になってくるのに。

……何で、……気持ちいい、んだよ……っ。

烈を受け容れるだけで精いっぱい、早く出て行ってくれと抗議していたはずのそこは巨大な先端に屈服し、もっとちょうだいと銜え込んでいる。そこにあの熱い精液をぶちまけてもらったらどんなに気持ちいいだろうと、ざわめいている。

「だ…、…めぇっ…、あ、あん、そこ、あ、ああっ…」

「わかってる。ちゃんとここで出してやるから…」

「…あぁ…っ…、ひ、……ああ……」

尖りきった乳首をシャツ越しに舐め、色気をだだ漏れにさせる烈が憎たらしい。

……年下の、くせに……！

理不尽な憤りに突き動かされ、烈の腰に絡めていた脚を振り上げる。そのままかかとを勢いよく落としてやったら、烈はにへらと笑み崩れるではないか。

「あんたは本当に可愛いことしてくれるよなあ……俺より年上なんて、信じられねえくらいに」

「は？　…あ、やぁっ」

「あんたみたいな可愛い男こそ、鎖でも付けて、俺以外の誰も知らない場所に閉じ込めといてやらねえと、……なっ！」

「あっ！　……やあ、ああ――――っ！」

　腰を鷲掴みにされ、強く引き寄せられた腰が烈と密着する。

　ぐぽんと最奥のさらに奥へ嵌まり込んだ先端がぶるりと震えたかと思えば、どくんどくんと脈打ちながら熱の奔流をほとばしらせた。これ以上先など無い行き止まりをしたたかに叩き、絶頂にわななく媚肉にじわじわと染み込んでいく。

「…はあっ、…ああ、……は、あぁぁ……」

　己の声に滲む甘さで、日秋はまた射精せずに達したのだと気付いた。未だ先端から溢れ続けている精液を残らず注いでやろうと、執拗に腰を打ち込んでいた烈が唇をほころばせる。

「日秋、……日秋っ…」

　この上無く嬉しそうな笑顔――実際、嬉しいのだろう。日秋が中に出されて達してしまったことが。こんなに奥まで入ってこられるのは烈だけだ。烈だけが、日秋に絶頂を味

わわせてやれるということなのだから。

「もっと、俺が出せなくなるまで……いいよな？」

烈は驚異的な速さで回復したものでぐりりと最奥を抉り、ふてぶてしく笑う。この男が満足するまで付き合わされれば、比喩ではなく壊されてしまうかもしれない。

一抹の恐怖を抱きつつも、日秋はのしかかってくる男を抱き締める。

「……ああ。もちろん」

どのみち、烈からは逃げられない…逃げる気も無い。

日秋の身も心も、この男に侵略されてしまったのだから。


深夜。

烈は綺麗に洗い清めた愛しい飼い主を寝室のベッドに寝かせ、自分も隣に潜り込んだ。

一切の灯りが落とされた隠れ家の中は暗闇に包まれているが、烈の動きはまるで危なげが無い。闇も昼間と同じく見通す青灰色の双眸に、夜闇は何の障害にもならなかった。

「……ふ、……ふふふ……」

記憶をたどるだけで愉悦の笑いが止まらなくなる。日秋が烈を好きだと言ってくれた時には天にも昇る心地だったが、その後のまぐわいは二十年生きてきて初めての強烈な快楽

をもたらした。このまま死んでしまっても悔いが残らないくらいに。

……いや、死んじゃ駄目だろ。

即座に我に返り、ふるふると首を振る。烈が死ねばあのアンバーやら弐号やらがしたり顔で日秋を担ぎ上げ、元スレイブ兵士たちが嬉々としてかしずくだろう。悔いが残らないどころか、悔いだらけである。

「…パニッシュメントの残した影響、ねえ…」

停止コードが実行されたにもかかわらずアンバーたちが自分に従う理由を、日秋はそう分析していた。烈もあの場では同意しておいたが、本当はそんな単純な原因ではないのではないかと思っている。

日秋の父が息子に託した停止コードは、スレイブたちを解き放つと同時に新たな楔《くさび》を彼らに打ち込んだのではないだろうか。解放された元スレイブが、Ｃｈａｉｎ開発者の息子である日秋を逆恨みし、報復に走らないように。

停止コードにそんなものが仕込まれていれば、『イレブン』たる日秋が気付かないわけがない。だがメインサーバーにダイブした時の日秋は一刻も早く現実に帰らなければならないと焦っていただろうし、不思議なことに今となっては停止コードを思い出せないのだという。

だからこれはあくまで烈の推測であり、真実など確かめようが無い。けれど正鵠《せいこく》を射て

いるのではないかと思う。もし烈が俊克なら…こんなにも愛おしい存在を遺して逝かなければならないのなら、打てる手は全て打っておくだろうから。当の日秋を騙してでも。

「…ま、俺には何の関係も無い話だけどな」

身に覚えの無い爆破事件とはいえ、わざわざ遺族を拝みに行ってやろうと思い立ったこと。それこそが烈の運命だったのだろう。あの綺麗で健気な少年を、絶対に自分のものにすると誓った。アムリタの関連施設を襲って潰しまくったのも、いつか日秋をさらって来る時、邪魔が入るのを防ぐためだ。

アムリタの実験体が警視庁に護送される。怪しさだらけの情報は、自分をおびき寄せるための撒《ま》き餌《え》だと烈は看破《かんぱ》していた。その上で乗ってやったのは、スレイブになれば堂々と日秋の傍に居られるからだ。優しい日秋は、スレイブだからといって自分に尻尾を振る犬をむげには出来ない。傍に在りさえすれば、口説《くど》き落とす自信はあった。

…そして今、日秋は烈の隣で眠っている。生まれたままの姿をさらして。

「日秋、…ああ、可愛い…ちくしょう、可愛いなあ…」

そっと指を忍ばせた蕾はすっかり烈の形を覚えさせられてしまったのに、入ってきた指を健気に頬張ろうとする。数え切れないくらい日秋の中に出してやったにもかかわらず、股間のものは性懲りも無く勃起し、あの具合のいい最奥の孔に潜り込みたいと訴える。

「…駄目だ。駄目だったら駄目だ」

そんなことをしたら、目覚めた日秋に口もきいてもらえなくなってしまう。半日以上ぶっ続けでつながったまま揺さぶり続け、最後には『鬼』と泣きながら詰られたのだ。身体を洗ってやる時にはぐったりとして、大量の精液を掻き出されても呻き声一つ漏らさなかった。眠っている間にも犯されていたと知れば、怒り狂うのは間違い無い。

烈は欲望をどうにか振り切り、枕元に持ってきていた小さなビロードの箱を開けた。中に入っているのは、シンプルなプラチナの指輪だ。何の宝石もあしらわれていないそれを、烈は日秋の左手の薬指に——かつてマスターデバイスがあった指に嵌める。

全裸に烈の指輪だけを身に着けた姿に、荒れ狂っていた欲望が鎮まっていく。アムリタを一歩追い詰めるたび、極上の宝石を日秋に捧げよう。やがて指輪が無数の宝石で輝くようになった頃、世界に日秋の敵は存在しなくなっているだろう。

その日を夢見ながら、烈は指輪の上から口付ける。

日秋こそが、烈の侵略者《アグレッサー》だ。

■あとがき■

こんにちは、宮緒葵です。『悪の飼い犬』お読み下さりありがとうございました！

近未来設定でお巡りさんが二足歩行の犬を使役して事件捜査する話を書きたいな…と前々からぼんやり考えていたら、担当さんが『いいよ！』と仰って下さったのでさっそく挑戦してみました。

日秋は最初、もっと熱血系のお巡りさんにする予定だったのですが、攻めの烈が予想以上の大型犬になってしまったので大人しめに方向変換したキャラです。ちなみに日秋のフルネーム（霜月日秋）と烈を組み合わせると『秋霜烈日』になります。刑罰などが非常に厳しいことのたとえですね。

ずっと父の事件の真相を追いかけていた日秋が、烈に出逢うことによって黒幕に裁きを下せるように…という意味と、二人が揃うことによってどんな悪も罰を受けることになるという意味を込めてみました。烈の名字の『海市』は蜃気楼のことです。そこに見えるのに決して捕まえられないアグレッサーをイメージしました。

本編のその後ですが、最終的にはアムリタを壊滅させて裏の警察組織みたいなものを造り上げることになるんじゃないでしょうか。烈はものすごく嫌そうですが…。ラストの烈の推測は当たっています。日秋はファザコンなので純粋な目で見ていますが、俊克パパはあれでけっこう腹黒なのです。

他にもあれこれ手を打ってあるんじゃないかなと。実は北浦とは根っこのところで似た者同士だったのかもしれません。出来たら生き延びさせてあげたかった…。そうなったら烈はものすごく苦労しそうだけど。

それと警察組織については、現代とは別物だと思って下さい。近未来の犯罪はどうなってるのかな…と想像しつつ、現代も織り交ぜながら事件を書くのはとても楽しかったです。特に日秋がダイブするシーン。本文でも書きましたが、あれはダイブする人によって見える光景が変わってきます。スイーパーが警備ロボに見えたのは、日秋にとって追いかけられると怖いものがそれだからです。締め切り前の作家だと、担当さんになるのかも…。


今回のイラストは石田惠美先生に描いて頂けました。石田先生、美しいご主人様と男の色気溢れる烈をありがとうございました！　烈はベルジアン・シェパード・ドッグ・グローネンダールですね、と担当さんと盛り上がりました。

担当のO様。二足歩行の犬を使役するお巡りさんを書きたい…という願いを叶えて下さってありがとうございました。これからもよろしくお願いいたします。

お読み下さった皆様。いつも応援して下さり本当にありがとうございます。今年はまだまだ色々なお話を出して頂ける予定ですので、よろしければチェックして下さいね。ご感想を聞かせて頂けると嬉しいです。

それではまた、どこかでお会い出来ますように。

初出
「悪の飼い犬」書き下ろし

CHOCOLAT
BUNKO

この本を読んでのご意見、ご感想をお寄せ下さい。
作者への手紙もお待ちしております。

あて先
〒171-0014東京都豊島区池袋2-41-6
第一シャンボールビル7階
(株)心交社　ショコラ編集部

ショコラ公式サイト内のWEBアンケートからも
お送りいただけます。
http://www.chocolat-novels.com/wp_book/bunkoenq/

悪の飼い犬

2022年8月20日　第1刷

著　者:宮緒葵
発行者:林 高弘
発行所:株式会社　心交社
〒171-0014　東京都豊島区池袋2-41-6
第一シャンボールビル7階
(編集)03-3980-6337 (営業)03-3959-6169
http://www.chocolat_novels.com/
印刷所:図書印刷 株式会社